Klarant Verlag

Die gebürtige Ostfriesin ***Sina Jorritsma*** aus der Krummhörn studierte in Hamburg Germanistik und Philosophie, bevor sie wieder in ihre Heimat zurückkehrte. Sie veröffentlicht unter Pseudonym, weil sie ihre Umgebung genau beobachtet und Ereignisse aus ihrem Leben in ihre Geschichten einfließen. Das Romaneschreiben ist ihr kleines Geheimnis, das nur wenige Menschen kennen. Bei einer großen Kanne Ostfriesentee mit Sahne und Kluntjes kann sie halbe Nächte durchschreiben, tagsüber hält sie sich mit Joggen fit. Sina Jorritsma lebt mit ihrer Familie in einem kleinen Ort bei Emden.

Sina Jorritsma

Juister Zahltag

Ostfrieslandkrimi

Klarant Verlag

Klarant Verlag, www.klarant.de – www.ostfrieslandkrimi.de
ISBN: 978-3-96586-921-9
1. Auflage 2024
Umschlagabbildung: Klarant Verlag

Printed in the EU.

Kapitel 1

Kommissarin Antje Fedder und ihr Kollege/Freund Kommissar Roland Witte hatten einen ruhigen Arbeitstag hinter sich. Am 22. September war die Hauptsaison auf der beliebten Ferieninsel Juist eigentlich schon vorbei, aber dank des schönen Spätsommerwetters fanden sich immer noch zahlreiche Urlauber am Hauptstrand des Eilandes ein. Für die beiden Polizisten war nicht viel zu tun gewesen. Sie hatten nur einen Streit schlichten müssen, bei dem es zum Glück nicht zu Handgreiflichkeiten gekommen war. Und ein Badegast hatte nach längerer Diskussion davon überzeugt werden können, dass die Warnschilder an manchen Strandabschnitten nicht als Scherz gedacht waren – wer an bestimmten Stellen verbotenerweise ins Wasser ging, riskierte dank der heftigen Strömung wirklich Gesundheit und Leben. Roland unterdrückte ein Gähnen, als die beiden nach einer letzten Kontrollrunde zur Wache zurückkehrten: »Ich habe ja nichts gegen einen ereignisarmen Dienst, Antje – aber heute hätte man mir beim Gehen die Schuhe besohlen können. Offenbar schien niemand unsere Hilfe zu benötigen.«

»Das ist doch gut«, erwiderte sie und schob eine Strähne ihres blonden Haars unter die Mütze zurück, »wenn dir nach *Action* zumute ist, könntest du dich auf eine Großstadt-Dienststelle versetzen lassen. Da kannst du von solchen beschaulichen Tagen nur träumen.«

»Und du würdest mich nicht vermissen?«, wollte er augenzwinkernd wissen. Antje kapierte natürlich, dass seine Frage nicht ernst gemeint war. Die beiden hatten sich schon kurze Zeit nach Rolands erstem Erscheinen auf Juist ineinander verliebt, und inzwischen führten sie seit Jahren eine harmonische Beziehung. Während Antje als geborene Inselfriesin von Natur aus eine eher ausgeglichene

Wesensart hatte, hatte ihr Freund unruhiges Blut und konnte nicht lange still sitzen. Sie lachte und erwiderte: »Ich wette, dass du weder in Hamburg noch in Berlin oder Köln ein Lokal findest, in dem du dich so wohlfühlen würdest wie in der *Juister Kajüte*!«

»Du tust ja so, als ob ich nur wegen des Biers in der Kneipe deines Vaters hier wäre«, gab Roland mit gespielter Empörung zurück. Sie zog ihn weiterhin auf: »Also gibt es noch einen anderen Grund?«

»Nun ja, wenn ich an die einzige Tochter deines alten Herrn denke ...«, begann Roland und warf ihr einen liebevollen Blick zu. Antje spürte, dass er sie jetzt gern in die Arme genommen hätte. Die beiden hatten allerdings vereinbart, während des Dienstes Zärtlichkeiten zu unterlassen. Ohnehin sah es so aus, als ob sie kurz vor Feierabend noch einmal tätig werden müssten. Ein Mann klingelte nämlich an der Tür der Polizeiwache Sturm – was sinnlos war, da die beiden einzigen Beamten der Insel sich gerade nicht dort befanden. Momentan war die Person nur von hinten zu sehen. Es handelte sich um einen untersetzten Graukopf in Cordjacke, Jeans und festen Schuhen mit Profilsohle. Er hatte eine bauchige Umhängetasche über der linken Schulter.

»Moin, was können wir für Sie tun?«, wollte Antje wissen, als sie und Roland auf Rufentfernung herangekommen waren. Der Mann drehte sich um und kniff die Augen zusammen. Sie schätzte ihn auf ungefähr siebzig Jahre. Er kam der Kommissarin irgendwie bekannt vor. Und dies beruhte offensichtlich auf Gegenseitigkeit.

»Antje?!«, gab er zurück und sprach sofort weiter: »Das gibt es doch nicht! Irgendwer hatte behauptet, dass du jetzt bei der Polizei wärst … Mann, bist du groß geworden!«

Die Kommissarin verfügte schon von Berufs wegen über eine gute Beobachtungsgabe. Dennoch musste sie ein wenig überlegen, bis sie seine Worte erwidern konnte: »Fiete … Tolk?! Du bist seit mindestens zwanzig Jahren nicht auf der Insel gewesen, oder?«

Der Alte ließ ein breites Grinsen sehen. Antje streckte ihm ihre Rechte entgegen und er schüttelte sie herzlich: »Ja, richtig! Du gingst damals noch zur Schule. – Ich muss sagen, die Uniform steht dir.«

»Vielen Dank«, gab sie zurück. Dann wandte sie sich an Roland: »Fiete Tolk ist ein Jugendfreund meines Vaters. Soweit ich weiß, betreibt er in Norden ein erfolgreiches Antiquitätengeschäft. – Fiete, das ist mein Kollege Roland Witte.«

Tolk lachte, als ob die Polizistin einen Witz gemacht hätte: »Antiquitätengeschäft? Ich hatte nur einen kleinen Trödelladen, und den habe ich vor Kurzem verkauft. Es zieht mich auf die Insel meiner Jugend zurück, verstehst du? Und Roland … scheint mir mehr zu sein als nur dein *Kollege*.«

Während der Alte den letzten Satz aussprach, gab er dem Kommissar ebenfalls die Hand. Antje wunderte sich nicht darüber, dass er über die Liebesbeziehung zwischen den beiden Bescheid zu wissen schien. Es genügte, wenn Tolk Kontakt zu einem oder mehreren Insulanern hielt. Die meisten Juister wussten genau, dass die beiden Beamten auch privat miteinander verbandelt waren. Während Roland und Tolk sich miteinander bekanntmachten, schloss Antje die Wache auf. Sie sagte: »Als du eben geschellt hast, schien es ziemlich dringend zu sein. Was ist denn passiert, Fiete?«

Der Alte war ihr zusammen mit dem Kommissar in die Polizeistation gefolgt und schaute sich dort neugierig um. Allzu viel gab es allerdings nicht zu sehen: Zwei Schreibtische, die einander gegenüberstanden, außerdem eine Funkanlage, Aktenschränke und ein paar Fahndungsplakate. Ein schmaler Gang führte zu den Arrestzellen, die momentan unbesetzt waren. Antje deutete auf ihren Besucherstuhl, und Tolk nahm dort Platz.

»Ich könnte mir vorstellen, dass Sie zu einem Tee nicht Nein sagen würden«, vermutete Roland. Der Trödler erwiderte: »Ja, das haben Sie richtig erkannt. Und dabei sind Sie gar kein Ostfriese, das höre ich an Ihrer Aussprache.«

»Ich versuche eben, mich hier zu integrieren«, versicherte Roland schmunzelnd und verschwand in der kleinen Teeküche, die sich ebenfalls im hinteren Bereich des Wachlokals befand. Wie auf den kleineren ostfriesischen Inseln üblich, hatte man die Dienststelle in einem Einfamilienhaus untergebracht. Während das Erdgeschoss für polizeiliche Belange da war, wohnte Antje im ersten Stockwerk. Roland lebte in einer günstigen Frühstückspension. Es hatte sich bewährt, dass die beiden ihre jeweiligen privaten Rückzugsräume hatten und nicht rund um die Uhr Zeit miteinander verbrachten. Roland verfügte über gute Instinkte; vermutlich hatte er gespürt, dass es Tolk leichter fallen würde, zunächst mit der ihm bekannten Antje allein zu reden.

»Du bist lange nicht hier gewesen«, stellte die Kommissarin fest, »dabei kann man mit dem Bus bequem vom Norder Busbahnhof bis zum Fährterminal fahren, wo die Schiffe nach Juist ablegen.«

Diese Tatsache musste dem Alten natürlich auch bekannt sein. Antjes berufliche Neugier war automatisch erwacht, als sie ihn an der Tür schellen sah und hörte. Warum suchte er sofort die Polizei auf, nachdem er zwanzig Jahre nicht auf der Insel gewesen war? Tolk schien mit Antjes Reaktion gerechnet zu haben. Er erwiderte: »Ich wollte vergessen, Antje. Hier auf Juist hat Juliane mich verlassen, deshalb hatte ich nur schlechte Erinnerungen an die Insel. Du hast recht – von Norden hierher ist es wirklich nicht weit, was die Zahl an Kilometern angeht. Aber es hat gereicht, um die Wunden heilen zu lassen. Und je mehr Zeit verging, desto größer wurde meine Sehnsucht nach der alten Heimat. Ich bin schließlich ein gebürtiger Insulaner.«

»Das weiß ich doch«, gab die Kommissarin lächelnd zurück, »du bist mit Papa immer gern um die Häuser gezogen, wenn er mal Landgang hatte. Inzwischen ist er übrigens selbst Gastronom geworden. Er fährt nicht mehr zur See, aber für den Ruhestand fühlt er sich noch zu jung.«

»Tjark ist jetzt Wirt?«

»Ja, meinem Vater gehört die *Juister Kajüte* an der Strandpromenade. – Nun muss ich aber doch dienstlich werden, Fiete: Du hast bestimmt nicht an der Wache Sturm geklingelt, weil du mit mir in Erinnerungen schwelgen wolltest, oder?«

»Nee, natürlich nicht. Ich möchte dich um einen kleinen Gefallen bitten, Antje.«

Sie warf ihm einen fragenden Blick zu, woraufhin er seine Umhängetasche öffnete und eine Ledermappe daraus hervorholte: »Es wäre gut, wenn du diese Mappe bis morgen für mich aufbewahren könntest.«

In diesem Moment kam Roland mit einem Tablett, auf dem sich der frisch aufgegossene Tee sowie Tassen, Kandis, Sahne und ein Tellerchen mit Keksen befand. Er warf seiner Kollegin einen überrascht wirkenden Blick zu, verkniff sich aber einen Kommentar. Antje stand auf und goss für Roland, Tolk und sich selbst Tee ein. Dann sagte sie zu dem Alten: »Warum gehst du nicht zu einer Bank? Die sind doch Spezialisten dafür, Wertgegenstände sicher zu deponieren.«

»Ja, gegen eine saftige Gebühr!«, gab der Trödler zurück. Er fuhr fort: »Ich habe gar kein Konto bei einem Kreditinstitut hier auf der Insel. – Es geht ja nur um eine einzige Nacht, Antje. Morgen erwarte ich einige Menschen, die

Geld von mir zu bekommen haben. Mir wäre einfach wohler, wenn diese Mappe sich bis dahin bei der Polizei in Sicherheit befinden würde.«

Die Kommissarin war hin und her gerissen. Einerseits widersprach es den Dienstvorschriften, eine Polizeiwache als Aufbewahrungsort für private Wertsachen zu verwenden. Andererseits kannte sie Fiete Tolk von Kindesbeinen an und hielt ihn nicht für eine verdächtige Person. Ihr würde kein Zacken aus der Krone fallen, wenn sie eine Ausnahme von der Regel machte. Sie schaute zu Roland hinüber, der aber eine neutral wirkende Miene aufgesetzt hatte. Er wollte die Entscheidung offensichtlich ihr überlassen – wahrscheinlich, weil sie Tolk kannte.

»Also gut, aber wirklich nur bis morgen«, sagte sie und streckte die Hand aus. Der Alte übergab ihr lächelnd die Mappe: »Ich wusste, dass ich mich auf dich verlassen kann. Du wirst es nicht bereuen.«

»Das hoffe ich. – Hast du eigentlich schon eine Wohnadresse auf Juist?«

»Ja, mein Elternhaus in der Billstraße hatte ich während meiner Abwesenheit als Feriendomizil vermietet. Jetzt hab ich mich selbst da einquartiert.«

Antje kannte das Gebäude natürlich, es befand sich in der Nähe vom Pilzkopfanker. Sie hakte nach: »Können wir dich denn auch telefonisch erreichen?«

Tolk antwortete: »Nee, das Haus verfügt über keinen Festnetzanschluss. Und mit diesen neumodischen Mobilgeräten konnte ich mich noch nie anfreunden.«

Über diese Aussage wunderte Antje sich nicht. Tolk war ihr schon in ihrer Teenagerzeit wie ein liebenswürdig-altmodischer Kauz vorgekommen. Und der Beruf eines Antiquitätenhändlers – oder »Trödlers«, wie er selbst sagte – passte ihrer Meinung nach ausgezeichnet zu ihm. Sie überreichte ihm eine ihrer Visitenkarten: »Es gibt ja auf Juist immer noch einige öffentliche Fernsprecher, die du benutzen kannst. Ruf einfach an, wenn du die Mappe wieder abholen willst. Roland und ich verbringen die meiste Zeit draußen und nicht in der Wache.«

»Um Polizeipräsenz zu zeigen«, ergänzte Roland, und er fügte treuherzig hinzu: »Na ja, und weil uns die Brise am Strand einfach besser gefällt als die abgestandene Büroluft.«

Der Alte lachte über den kleinen Scherz. Er wirkte ohnehin nicht mehr so angespannt wie unmittelbar nach der Begrüßung. Die Aussicht, dass seine Mappe von den Polizisten aufbewahrt wurde, schien ihn sehr zu beruhigen. Außerdem tat gewiss auch der starke Assamtee seine Wirkung, von dem sich Tolk während ihres kurzen Gesprächs drei von den kleinen Tassen genehmigt hatte – für einen Ostfriesen eine durchaus normale Dosis. Antje ging zum Tresor hinüber, der zur Standardausrüstung eines jeden Polizeireviers gehörte. Darin wurden wichtige Dienstdokumente für besondere Einsatzlagen sowie wichtige Beweisstücke aufbewahrt. Nachdem die Kommissarin die Mappe weggeschlossen hatte, erhob sich Tolk von seinem Stuhl: »Ich danke euch für die Unterstützung, aber nun will ich eure Zeit nicht länger in Anspruch nehmen.«

»Hast du noch eine Verabredung?«, fragte Antje lächelnd.

»Nicht nur Frauen, auch Männer haben ihre kleinen Geheimnisse«, gab er zurück, »ich melde mich morgen im Lauf des Tages, versprochen!«

Mit diesen Worten verließ er die Wache. Roland schlenderte zum Fenster und schaute dem Alten nach, der die Carl-Stegmann-Straße in Richtung Fähranleger hinunter ging: »Ist Tolk ein enger Freund deines Vaters, Antje? Ich habe es noch nie erlebt, dass wir als eine Art Packstation dienen sollen.«

»Fandest du es unpassend, dass ich ihm den Gefallen getan habe?«

»Nee, das sehe ich nicht so eng. Es wird schon keine Bombe darin sein. Obwohl – ich wüsste schon gern, was sich in der Mappe befindet.«

»Ich auch«, gab Antje zu. Sie fuhr fort: »Wahrscheinlich sind Banknoten oder Schecks darin, sie fühlt sich jedenfalls ziemlich leicht an. Und Fiete sagte ja, dass er ein paar Personen etwas schuldig ist.«

»Wir könnten einfach nachsehen«, schlug der Kommissar vor, »das würde er doch überhaupt nicht merken.«

Seine Kollegin erwiderte nichts.

»Gib zu, dass du auch schon daran gedacht hast«, hakte er nach. Sie seufzte und rollte mit den Augen: »Ja – ich gestehe es! Aber es käme mir falsch vor, wenn wir heimlich in seinen Sachen schnüffeln würden. Es ist ja nicht so, dass es einen Kriminalfall gäbe, oder? Nichts spricht dafür, dass eine Straftat verübt wurde. Ich kenne Fiete Tolk schon lange, er hatte niemals Vertrauen zu den Banken, wenn ich mich richtig erinnere. Daran ist nichts auszusetzen. Wir sollten die Mappe einfach vergessen, bis er sie morgen zurückhaben will. Dann können wir ihn ja immer noch fragen, was sich darin befindet.«

»Wenn ich bis dahin nicht vor Neugier geplatzt bin«, schränkte Roland ein.

»Spinner!«, erwiderte Antje lachend. »Komm, wir machen Feierabend. Dann gehen wir zu Papa und berichten ihm, dass sein alter Freund zurückgekehrt ist. Du darfst mich auch zum Bier einladen.«

»Da sage ich nicht nein«, versicherte der Kommissar lächelnd. Antje wusste, dass er die Abende in dem gemütlichen Lokal genauso schätzte, wie sie es tat. Und ihr Vater betrachtete Roland längst als seinen Schwiegersohn, auch wenn sie und ihr Kollege bisher noch nicht vor den Traualtar getreten waren. Roland verdrückte sich in sein Pensionszimmer, um die Uniform gegen Zivilkleidung zu vertauschen. Antje tat es ihm gleich. Sie ging hoch in ihre Privatgemächer im Obergeschoss und zog ein knielanges Wollkleid an – außerdem eine dicke Strumpfhose, denn die Septemberabende konnten bei einer frischen Meeresbrise schon ziemlich kühl werden. Daher griff sie außerdem zu ihrem wasserabweisenden warmen Anorak. Wenig später kehrte ihr Freund zurück. Auch er hatte sich mit Jeans, dunklem Rollkragenpullover und schwarzer Lederjacke auf eher niedrige Temperaturen eingestellt, obwohl momentan noch kein Wölkchen am Himmel über der untergehenden Sonne zu sehen war. Aber als ganzjährige Bewohner des »Töwerlandes« wussten die beiden aus Erfahrung, wie schnell das Wetter auf der schönen Insel umschlagen konnte. Hand in Hand gingen sie durch die Warmbadstraße Richtung Promenade. Dort waren noch viele andere Menschen unterwegs, um den Septemberabend zu genießen. Auch an den Tischen im Außenbereich der *Juister Kajüte* konnte man keinen freien Platz mehr finden. Die beiden wollten sich aber ohnehin an die Theke setzen, wo sie in Ruhe mit Antjes Vater *schnacken* konnten. Tjark Fedder stand am Zapfhahn wie ein Kapitän am Steuer seines Schiffs, als seine Tochter und ihr Freund die Gaststube betraten. Die Wände waren mit zahlreichen Mitbringseln von den Reisen des pensionierten Seemanns geschmückt – von indonesischen Stabpuppen über altmodische nautische Instrumente bis zu einem am Strand gefundenen Rettungsring.

»Moin, da seid ihr ja!«, rief Antjes Vater erfreut, während seine Tochter und ihr Freund näherkamen und auf zwei Barhockern vor dem Tresen Platz nahmen. Er fuhr fort: »Ich hatte schon so eine Vorahnung, dass ihr heute Abend aufkreuzen würdet.«

»Dein Verdacht hat sich bestätigt, Papa«, erwiderte Antje lächelnd. »Du rätst nie, wer vorhin auf der Wache erschienen ist.«

»Der Klabautermann wahrscheinlich nicht«, erwiderte Tjark Fedder lachend. Er wusste genau, dass sie nicht an diese maritime Spukgestalt glaubte, deshalb fügte er hinzu: »Du wirst es mir hoffentlich gleich verraten.«

»Dein Jugendfreund Fiete Tolk ist wieder auf der Insel.«

Der Gastronom wirkte überrascht, als er dies hörte. Dann erwiderte er: »Wirklich? Ich hoffe, dass es keinen Ärger gibt. Vorhin war nämlich Fietes Ex-Frau Juliane hier. Sie saß bei mir an der Theke und hat ein Glas Wein getrunken. Sie wirkte ziemlich angespannt, wollte aber nicht mit der Sprache herausrücken. Ihr muss irgendeine Laus über die Leber gelaufen sein.«

Kapitel 2

Diese Information musste Antje erst einmal sacken lassen. Sie versuchte, sich daran zu erinnern, wann sie Juliane Tolk zum letzten Mal gesehen hatte. Die Kommissarin war damals noch ein junges Mädchen gewesen, und ihre Laufbahn bei der Polizei lag noch vor ihr. Außerdem hatte sie keinen engen Kontakt zum Ehepaar Tolk gehabt, obwohl ihr Vater mit Fiete befreundet war. Doch auch Antje bekam natürlich mit, dass Juliane Hals über Kopf einem Touristen verfallen war und mit ihm gemeinsam Juist den Rücken gekehrt hatte. Auf einer so kleinen Insel machten solche Geschichten schnell die Runde – auch bei Menschen, die sich eigentlich nicht für Klatsch und Tratsch interessierten. Rolands Stimme riss sie aus ihren Überlegungen: »Was hat das zu bedeuten? Hast du nicht versucht, mehr zu erfahren, Tjark?«

Während der Wirt sich mit den beiden unterhielt, hörte er mit dem Bierzapfen nicht auf. Er stellte zwei gefüllte Gläser auf die Theke.

»Als Kneipier bin ich ja so eine Art Beichtvater«, antwortete er. »Es gibt genügend Gäste, die mir ihr Herz ausschütten. Sie erwarten von mir Stillschweigen, deshalb würde ich nicht mit mir anvertrauten Geheimnissen hausieren gehen.«

Auch nicht gegenüber deiner eigenen Tochter, die außerdem noch Polizistin ist?, dachte Antje. Tjark Fedder schien zu spüren, was ihn ihr vorging. Er kniff lächelnd in ihre Wange und sagte: »Bei Juliane liegt der Fall anders, Schatz. Da war es genau umgekehrt – sie wollte *mich* aushorchen.«

»Worüber?«, hakte Roland nach. Antjes Freund bemühte sich um einen neutralen Tonfall. Sie war allerdings sicher, dass er genauso gespannt war wie sie selbst. Tjark Fedder zuckte mit den Schultern: »Juliane kam hereingeschneit und grüßte mich so selbstverständlich, als ob wir einander jeden Tag auf der Strandstraße über den Weg laufen würden. Dabei hatte ich sie seit vielen Jahren nicht gesehen. Natürlich erinnerte sie sich daran, dass Fiete und ich Freunde waren – oder sind, auch wenn ich seit einer halben Ewigkeit nichts von ihm gehört habe. – Wie auch immer: Kaum hatte Juliane Platz genommen und einen Wein bestellt, als sie sich schon nach ihm erkundigte. ›Ich weiß nur, dass Fiete ein Antiquitätengeschäft in Norden hat‹, gab ich zurück. Und das entsprach der Wahrheit. Dass er sich aktuell auf Juist befindet, habe ich eben gerade erst durch mein Töchterchen erfahren.«

Der alte Seebär warf Antje einen liebevollen Blick zu. Sie konnte sich auf die Menschenkenntnis ihres Vaters verlassen. Wenn er den Eindruck gewonnen hatte, dass Juliane Tolk in schlechter Stimmung war, dann traf dies gewiss auch zu. Die Kommissarin hakte nach: »Hat sie noch etwas von sich erzählt? Zum Beispiel, ob sie immer noch mit ihrem damaligen Liebhaber liiert ist?«

»Juliane war jedenfalls nicht in männlicher Begleitung, so viel steht fest«, antwortete ihr Vater. Er fuhr fort: »An ihrer Hand habe ich keinen Ehering gesehen. Genau genommen weiß ich noch nicht einmal, ob sie und Fiete rechtskräftig geschieden sind und sie erneut geheiratet hat. Viel hat Juliane nicht von sich preisgegeben. Sie liebt es nach wie vor, auf großem Fuß zu leben. Sie ließ jedenfalls durchblicken, dass sie im *Strandhotel Juist* abgestiegen ist.«

Roland pfiff anerkennend durch die Zähne. Und auch Antje wusste natürlich, was sie von dieser Wahl der Unterkunft zu halten hatte. Es handelte sich um ein renommiertes 4-Sterne-Hotel, dessen imposante weiße Fassade man schon von der Fähre aus sehen konnte, wenn man sich der Insel näherte.

Wer dort Quartier nahm, war entweder wohlhabend oder wollte es zumindest sein.

»Kam es dir so vor, als ob Juliane auf der Sonnenseite des Lebens stehen würde, Papa?«, fragte die Kommissarin.

»Zumindest scheint sie nicht am Hungertuch zu nagen«, erwiderte Tjark Fedder mit einem breiten Grinsen auf dem Gesicht. Er fuhr fort: »Ich verstehe nicht viel von Damenmode, aber ihr Kostüm stammt gewiss nicht aus einem Billigladen. Und sie war mit Schmuck behängt wie ein Weihnachtsbaum mit bunten Kugeln!«

»Ich habe selten so eine bildhafte Personenbeschreibung gehört«, meinte Roland lachend und nahm einen Schluck Bier. Antje hingegen hüllte sich in Schweigen. Scheinbar hatte ihr Gesicht einen besonders nachdenklichen Ausdruck angenommen. Ihr Vater schaute sie prüfend an: »Worüber zerbrichst du dir den Kopf, Schatz?«

»Als Fietes Ex-Frau müsste Juliane doch über das Haus in der Billstraße Bescheid wissen«, erwiderte sie. »Ich an ihrer Stelle wäre sofort dorthin gegangen oder gefahren, wenn ich nach Tolk gesucht hätte.«

»Vielleicht hat sie das ja schon getan, bevor sie in die *Juister Kajüte* gekommen ist«, schlug Roland vor. Antje fragte sich, ob Juliane zu den Personen gehörte, die von Tolk laut seinen eigenen Worten noch »Geld bekommen« sollte. Falls dies zutraf – warum war die Frau so schlecht gelaunt gewesen, als sie in das Lokal kam? Auf das Urteil ihres Vaters konnte die Polizistin sich verlassen. Sie kannte keinen Menschen, der über eine bessere Menschenkenntnis verfügte als der alte Seebär. Oder maß sie der Stimmung dieser Frau eine völlig übertriebene Bedeutung bei? In ihrem Beruf bekam Antje es oft mit Miesepetern zu tun, die aus einer Mücke einen Elefanten machten und sich aufregten, weil sie dies unbedingt *wollten.* Vielleicht gehörte Juliane Tolk zu dieser bedauernswerten Art von

Mitmenschen? Bevor sie diesen Gedanken weiterführen konnte, ertönten plötzlich laute Schreie des Entsetzens im Außenbereich. Antje und Roland glitten von ihren Barhockern, um der Unruhe auf den Grund zu gehen. Doch da taumelte bereits eine wohlbekannte Person in den Gastraum. Es war Silke Meester, die Juister Bürgermeisterin! Die blonde schlanke Dame trug einen eleganten dunkelgrauen Hosenanzug und eine weiße Bluse. Ihr Gesicht wies momentan eine unnatürliche Blässe auf, ihre Augen hatte sie weit aufgerissen. Die Unterlippe zitterte. Und ihre beiden Hände waren voller Blut! Antje musste keine Medizinerin sein, um zu erkennen, dass die Amtsträgerin unter Schock stand. Die Polizistin eilte auf sie zu und nahm sie sanft bei den Schultern: »Dir kann nichts geschehen, Silke. Du bist in Sicherheit. Tjark wird dir gleich einen heißen Tee machen.«

Antje duzte die Bürgermeisterin, seit Silke Meester die Freundin ihres Vaters war. Früher hatte es regelmäßig Spannungen zwischen den beiden Frauen gegeben, weil die Amtsträgerin sich ungefragt in die Polizeiarbeit einmischte und glaubte, Antje und Roland Vorschriften machen zu können. Doch seit die Liebe zwischen Silke und Tjark entflammt war, verhielt sich die Bürgermeisterin gegenüber der Tochter ihres Freundes weitaus entgegenkommender. Antjes Vater war hinter der Theke hervorgeeilt, denn Silkes Zustand ließ ihn natürlich auch nicht kalt. Auf den ersten Blick waren an ihrem Körper keine Verletzungen zu entdecken. Das Blut stammte offenbar nicht von ihr selbst. Roland hielt bereits sein Smartphone in der Hand. Antje musste nicht fragen, wen er anrief. Es war eindeutig, dass die Bürgermeisterin von einem Arzt untersucht werden musste. Silke Meester ließ sich an einem der freien Tische auf einen Stuhl fallen. Tjark trat neben sie und strich ihr mit seiner großen Rechten vorsichtig über das Haar: »Es wird alles gut, ich bin bei dir.«

Die beruhigenden Worte ihres Freundes und ihrer »Stieftochter« schienen die Wirkung nicht zu verfehlen.

»Fiete Tolk … er ist tot! Ich habe ihn gefunden, wollte ihn wiederbeleben. Aber es war zu spät ...«, brachte Silke Meester mit krächzender Stimme hervor. Ihre Augen füllten sich mit Tränen. Tjark lief kurz in die Küche und holte einen Tee, außerdem eine Wolldecke. Diese legte er seiner Freundin um die Schultern. Antje dachte sich, dass er während seiner langen Jahre als Seemann gewiss schon oft mit Erste-Hilfe-Situationen zu tun gehabt hatte. Noch viel mehr beschäftigte sie allerdings die Nachricht von Tolks Tod. War Silke Meester mit ihm verabredet gewesen? Wo hatte sie ihn gefunden? Es lag nahe, die Bürgermeisterin zu befragen. Daran war momentan allerdings nicht zu denken. Roland hatte sein Handy wieder eingesteckt.

»Der Arzt wird in ein paar Minuten hier sein«, sagte er. Dann konzentrierte der Polizist sich darauf, die Neugierigen auf Abstand zu halten. Antje schaute auf die Uhr. Es war kurz vor halb acht abends. Sie musste sich zurückhalten, um Silke Meester nicht nach dem Auffindeort der Leiche zu fragen. Es hatte keinen Sinn, eine unter Schock stehende Person zu vernehmen. Auf jeden Fall wäre es besser gewesen, wenn die Bürgermeisterin dortgeblieben wäre und einen Arzt sowie die Polizei gerufen hätte. Aber die Entdeckung des Toten hatte Silke Meester offenbar zu sehr durcheinandergebracht, um auf diesen Gedanken zu kommen. Die Kommissarin nahm sich vor, so bald wie möglich Tolks Haus zu überprüfen. Mit dem Fahrrad benötigte man von dort bis zur *Juister Kajüte* maximal zehn Minuten. Wie die meisten ihrer Mitbürger war auch die Amtsträgerin vorzugsweise auf zwei Rädern mit eigener Muskelkraft unterwegs, denn auf der autofreien Insel verfügten nur die Ärzte, die Feuerwehr und der Rettungsdienst über motorisierte Fahrzeuge. Silke Meester hielt das Teeglas mit beiden Händen und trank schluckweise von der heißen Assam-Mischung. Ihre Wangen bekamen schon wieder etwas Farbe, was die Kommissarin als ein gutes Zeichen betrachtete. Außerdem tat ihr die körperliche Nähe ihres Freundes gewiss gut. Wenig später erschien einer der auf Juist praktizierenden Badeärzte auf der Bildfläche. Antje gab ihm die Hand und teilte ihm kurz mit, was sie von der Bürgermeisterin erfahren hatte. Der Mediziner nickte und führte die Amtsträgerin zusammen mit Tjark in die Küche, um sie dort geschützt vor neugierigen Blicken untersuchen zu können. Antje wandte sich an Roland: »Unseren geruhsamen Feierabend können wir heute vergessen. Ich schlage vor, dass wir so bald wie möglich Fietes Haus überprüfen. Ich könnte mir vorstellen, dass Silke den Toten dort gefunden hat.«

Der Kommissar nickte: »Das vermute ich ebenfalls. Ob der Täter es auf die Mappe abgesehen hatte?«

»Wir sollten uns mit Spekulationen zurückhalten«, warnte Antje. »Noch wissen wir nicht, ob sich überhaupt ein Verbrechen ereignet hat. Fiete könnte stattdessen einen Unfall erlitten haben.«

»Falls es doch eine Straftat gab, haben wir zumindest schon mal eine Verdächtige«, meinte Roland. Antje war sicher, dass er an Juliane Tolk dachte. Auch ihr war die Ex-Frau des Toten sofort in den Sinn gekommen, doch sie hatte auch Zweifel: »Ich habe Juliane seit vielen Jahren nicht gesehen. Aber wäre sie wirklich so dumm, sich beim Vater der Inselpolizistin nach Fiete zu erkundigen und ihn dann wenig später umzubringen?«

»Konnte sie denn wissen, dass du auf Juist Ordnungshüterin bist?«, gab Roland zu bedenken. »Ich dachte, du wärst noch Schülerin gewesen, als sie die Insel verlassen hat.«

Antje nickte. Ihr wurde bewusst, dass sie und ihr Kollege sich mit vorschnellen Urteilen zurückhalten mussten. Noch hatten sie ja noch nicht einmal einen Blick auf die Leiche werfen können. Die beiden waren an die Theke zurückgekehrt, ließen ihr Bier aber unberührt. Sie brauchten jetzt einen klaren Kopf. Wenig später kam der Arzt zu ihnen. Ihm war natürlich bekannt, dass die beiden Polizisten waren.

»Frau Meester hat etwas von einem Leichenfund erzählt, sie steht unter Schock«, sagte er leise, »daher habe ich ihr eine Beruhigungsspritze gegeben. Es wäre gut, wenn sie nach Hause begleitet würde. Sie soll sich ausruhen, morgen früh wird es ihr bestimmt schon wieder besser gehen.«

»Wir bringen sie heim«, bot Roland an. Er und seine Kollegin gingen in die Küche, wo die Bürgermeisterin ihren Tee inzwischen ausgetrunken hatte. Sie wirkte immer noch mitgenommen, aber es ging ihr offenbar schon besser als noch vor einer Viertelstunde. Tjark war bei ihr.

»Du wirst dein Lokal wahrscheinlich so bald wie möglich schließen wollen«, vermutete Antje. Ihr Vater nickte: »Das siehst du richtig, Schatz. Ich kann doch hier nicht seelenruhig Bier zapfen, wenn es meiner Liebsten so schlecht geht.«

Silke Meester warf ihm einen dankbaren Blick zu. Die Polizisten nahmen sie in die Mitte und führten sie aus der *Juister Kajüte*. Antje hörte noch, wie ihr Vater die Gäste zum Austrinken aufforderte, weil »unvorhergesehene Umstände« eingetreten seien. Die meisten Anwesenden zeigten sich verständnisvoll – sie hatten schließlich mit eigenen Augen die blutigen Hände der Bürgermeisterin gesehen. Inzwischen waren die Finger wieder sauber. Sie rochen nach Desinfektionsmittel. Vermutlich hatte der Arzt sie gereinigt. Draußen auf der Strandpromenade lag ein Fahrrad neben dem Weg, das Antje unschwer als Silke Meesters Eigentum erkannte – ganz abgesehen davon, dass die Griffe ebenfalls blutig waren. Zum Glück wohnte die Bürgermeisterin nicht allzu weit vom Ortskern entfernt. Antje hakte sie unter, und Roland schob das Rad. Die Polizistin konnte spüren, dass die Bürgermeisterin immer noch leicht zitterte. Silke Meester hatte in der Vergangenheit schon öfter von Mordfällen erfahren, die von den Juister Kommissaren erfolgreich hatten aufgeklärt werden können. Aber es war immer noch etwas anderes, wenn man selbst eine Leiche fand. Dafür hatte Antje volles Verständnis. Als sie das Haus der Amtsträgerin erreicht hatten, warf die Polizistin ihr einen prüfenden Blick zu: »Können wir dich wirklich alleinlassen? Ich bin sicher, dass mein Vater schon bald erscheinen wird, um bei dir zu sein.«

»Ja, ihr könnt ruhig gehen, Antje. Ihr müsst herausfinden, wer das getan hat … die Haustür war nur angelehnt, Fiete wird seinen Mörder hereingelassen haben ...«

Während die Bürgermeisterin sprach, wurde ihre Stimme leiser, die letzten Worte konnte man kaum noch verstehen. Die Beruhigungsspritze tat offenbar ihre Wirkung. Die Kommissarin brachte Silke Meester dazu, sich auf dem Sofa auszustrecken. Dann legte Antje eine Wolldecke über sie. Tjark Fedder verfügte über einen Schlüssel zum Haus seiner Freundin. Es war nicht nötig, dass sie aufstand, um ihm zu öffnen.

»Ruh dich aus. Wir melden uns, sobald wir mehr wissen.«

Mit diesen Worten verabschiedete sich die Polizistin. Sobald sie und Roland das Haus verlassen hatten, rief sie ihren Vater an: »Silke ist jetzt daheim, Papa. Ich kann mir vorstellen, dass sie bald einschläft. Sie wirkt jetzt auf mich sehr müde.«

»Ich bin spätestens in zwanzig Minuten bei ihr, Schatz. Momentan sind Anna und ich noch damit beschäftigt, die Gäste vor die Tür zu setzen. Die Leute sind völlig aus dem Häuschen, wahrscheinlich wird Silkes denkwürdiges Erscheinen spätestens morgen das Gesprächsthema Nummer eins sein.«

Antje konnte Tjark Fedder nicht widersprechen. Auf einer ruhigen und idyllischen Ferieninsel wie Juist würde die »Frau mit den blutigen Händen« vermutlich eine Sensation sein – vor allem, da es sich um eine allgemein bekannte Respektsperson handelte. Hinzu kam ein Gesichtspunkt, den die Kommissarin bisher erfolgreich verdrängt hatte. Roland sprach diesen Punkt hingegen an. Nachdem sie das kurze Telefonat mit ihrem Vater beendet hatte, fragte er: »Dir ist schon klar, dass wir auch Silke als eine Verdächtige behandeln müssen?«

Antje holte Luft, um eine scharfe Erwiderung loszulassen. Doch sie hielt sich zurück, denn er hatte ja recht. Ihre persönliche Verbindung zu der Bürgermeisterin durfte sie nicht daran hindern, professionelle Polizeiarbeit zu leisten. Antje zählte zu ihrer Beruhigung innerlich bis zehn, dann erwiderte sie: »Ja, das stimmt. Nur weil Silke Fietes Tod gemeldet hat und offensichtlich geschockt war, ist sie deshalb nicht automatisch unschuldig. Wir werden sie morgen befragen.«

»Ich glaube ja auch nicht, dass die Bürgermeisterin etwas mit Tolks Tod zu tun hat«, schränkte der Kommissar ein. Seine Kollegin schüttelte den Kopf: »Wir müssen uns an die Fakten halten, das weißt du so gut wie ich. Die Staatsanwaltschaft würde uns etwas husten, wenn herauskäme, dass wir für meine zukünftige Stiefmutter eine Extrawurst gebraten haben.«

Während die beiden miteinander sprachen, waren sie zur Wache zurückgekehrt. Dort griffen sie sich ihre Diensträder, denn sie wollten den mutmaßlichen Tatort nicht zu Fuß aufsuchen. Die Billstraße erstreckte sich vom Juister Ortszentrum bis zur Domäne Bill im Westen der Insel. Fiete Tolks Haus befand sich ungefähr auf der Mitte zwischen Anfang und Ende der Straße. Mit den Fahrrädern erreichten sie ihr Ziel im Handumdrehen. Auf dem Weg dorthin achteten Antje und Roland verstärkt auf Personen, die ihnen entgegenkamen. Es waren nur wenige Menschen unterwegs. Sie erblickten ein joggendes Pärchen, bei denen es sich offenbar um Urlauber handelte. Wären es Einheimische gewesen, dann hätten die Polizisten sie gekannt. Juist wurde nämlich ganzjährig nur von ungefähr 1.700 Menschen bewohnt. Kurz vor ihrem Fahrtziel stiegen die beiden von den Rädern. Antje deutete auf ein traditionelles rotes Backstein-Friesenhaus. In einem Fenster links neben der Tür befand sich ein Schild mit der Aufschrift FERIENHAUS BELEGT. Tolk war offenbar noch nicht dazu gekommen, es zu entfernen. Und die Eingangstür stand halb offen, wie die Bürgermeisterin schon mitgeteilt hatte. Die Polizisten ließen ihre Räder vor dem Nachbargrundstück zurück und näherten sich leise dem Gebäude. Antje drückte die Tür ganz auf, dann verharrte sie einen Moment lang auf dem Flur. Sie lauschte. Nichts deutete darauf hin, dass sich ein Mensch im Haus befand – zumindest kein lebender. Es roch nach einem Allzweckreiniger auf Zitronenbasis. Vermutlich war noch vor Kurzem gründlich geputzt worden. Die Polizistin wusste, dass Ferienhäuser nach der Abreise der letzten Gäste normalerweise sorgfältig gereinigt wurden. Wenn dieser Geruch noch in der Luft hing, war die Putzkraft vermutlich zeitnah tätig geworden. Ob sie etwas bemerkt hatte? Noch wussten die Ermittler nicht, wo genau sich die Leiche befand. Während die beiden Richtung Küche vorrückten, ertönte plötzlich im Obergeschoss ein Knacken.

»Hier ist die Polizei!«, rief Antje mit gellender Stimme. »Kommen Sie sofort herunter!«

Kapitel 3

Dies tat der Unbekannte auch – aber nicht so, wie die Kommissarin es sich gedacht hatte. Gleich darauf war nämlich ein Knarren zu hören, wahrscheinlich, weil ein Fenster geöffnet wurde. Sekunden später folgte ein dumpfes Geräusch draußen im Garten.

»Er ist aus dem Fenster gesprungen – ich schnappe ihn mir!«

Mit diesen Worten machte Roland auf dem Absatz kehrt und rannte hinaus. Antje überlegte, ob sie ihm folgen sollte. Aber ihr Kollege konnte durchaus mit einem Verdächtigen allein fertig werden. Es erschien ihr sinnvoller, sich im Haus genauer umzuschauen. Ende September fand der Sonnenuntergang auf Juist gegen 19.30 Uhr statt. Entsprechend schlecht waren die Lichtverhältnisse im Haus. Daher schaltete Antje nun die Deckenbeleuchtung ein. Falls sich noch weitere lebende Personen hier befanden, wussten sie jetzt sowieso, dass die Polizei vor Ort war. Der Kommissarin wurde bewusst, dass sie immer noch ihr Kleid trug. Die Uniform samt Dienstpistole befand sich auf der Wache, denn Antje und Roland hatten sich vorhin nicht die Zeit zum Umziehen genommen. Falls sie es also mit einem bewaffneten Täter zu tun bekam, würde sie sich etwas anderes überlegen müssen. Die Polizistin ging in die Küche, deren Tür weit offen stand. Auf den Fliesen bemerkte sie einige verschmierte blutige Schuhabdrücke. Ob sie von Silke Meester oder von der Tatperson stammten, würde sich später feststellen lassen. Innerlich ging Antje immer noch nicht davon aus, dass die Bürgermeisterin das Verbrechen begangen haben konnte. Die Amtsträgerin war in ihren Augen ein eher besorgter und übervorsichtiger Mensch. Aus diesem Grund hatte es in der Vergangenheit immer wieder Meinungsverschiedenheiten zwischen der Kommissarin der

Freundin ihres Vaters gegeben. Die Bürgermeisterin war schon öfter der Auffassung gewesen, dass die Inselpolizisten mit einer Mordermittlung überfordert waren – was sich stets als falsch herausgestellt hatte. Während Antje diese Überlegungen durch den Kopf schwirrten, schaute sie sich den Toten genauer an. Tolk lag zwischen Spüle und Küchentisch, und zwar auf dem Rücken. Unmittelbar neben ihm befand sich ein blutiges Messer, vermutlich die Mordwaffe. Ob Silke Meester diese aus seinem Körper gezogen hatte? Er selbst war dazu nach Antjes Meinung nicht mehr fähig gewesen. Sein Oberteil war blutgetränkt. Tolk trug dieselben Kleider wie bei seinem Besuch der Wache vor einigen Stunden. Seine erstarrten Gesichtszüge zeigten eine Mischung aus Verblüffung und Entsetzen – so, als ob er nicht begreifen konnte, dass jemand ihn umbringen wollte. Hatte das Opfer den Täter gekannt? Dass die Haustür nur angelehnt gewesen war, musste kein Beweis für diese Annahme sein. Es war ebenso gut möglich, dass jemand in das Haus eingedrungen war und Tolk die Person überrascht hatte. Dann konnte der Verbrecher den Alten in Panik getötet haben und durch die Tür nach draußen gelaufen sein. Ob er noch einmal zurückgekehrt war, weil er etwas vergessen hatte? Antje nahm sich vor, an den Fenstern und Türen nach Einbruchspuren Ausschau zu halten. Da sie momentan keine Latexhandschuhe bei sich hatte, konnte sie vorerst die Taschen des Toten nicht durchsuchen. Zu groß war die Gefahr, Fingerabdrücke zu verwischen oder DNA zu kontaminieren. Schritte ertönten, die langsam näher kamen. Antjes Puls beschleunigte sich, sie schaute sich nach einem Gegenstand um, den sie als Waffe benutzen konnte. Ihr fiel nur ein Blechtablett ins Auge. Ein Laie hätte dies vermutlich nicht als bedrohlich angesehen – aber mit entsprechendem Geschick und Entschlossenheit war das Ding durchaus brauchbar, für Verteidigung und Angriff.

Antje kam aus ihrer knienden Position neben der Leiche hoch und nahm sich das Tablett. Doch im nächsten Moment entspannte sie sich, denn im Türsturz erschien Roland. Er atmete schwer und benötigte einen Augenblick, bis er etwas sagen konnte: »Willst du mir mein Scheitern auf dem Silbertablett servieren?«

Sie lachte und legte den Gegenstand wieder zur Seite: »Nee, das Ding hätte ich dir nur über den Kopf gezogen, wenn du ein Angreifer wärst. – Also ist der Verdächtige entkommen?«

»Ja, leider«, musste der Polizist zugeben. »Erst hatte ich ihn im Blickfeld, aber in den Dünen muss ich wohl in die falsche Richtung gelaufen sein. Als ich dann meinen Fehler bemerkt habe, war er schon verschwunden. Er war sportlich, andernfalls hätte er wohl nicht so schnell laufen können. Und er trug Jeans und einen dunklen Kapuzenpullover.«

»Bist du sicher, dass wir von einem Mann sprechen?«

»Eigentlich nicht, Antje. Es könnte sich auch um eine Frau mit knabenhafter Figur handeln. – Ich hätte die Person einfach nicht entwischen lassen dürfen!«

»Das kann vorkommen«, meinte sie tröstend. »Ich schlage vor, dass du hierbleibst, während ich zur Wache zurückkehre und den Tatortkoffer hole. Du könntest schon mal überprüfen, ob du Hinweise auf einen Einbruch findest.«

Roland nickte nur. Sie kannte ihren Freund und wusste, dass ihn die gescheiterte Verfolgungsjagd wurmte. Antje warf ihm eine Kusshand zu: »Nimm es nicht so schwer. Ich bin gleich wieder da.«

Sie verließ das Haus, schwang sich auf ihr Dienstrad und trat kräftig in die Pedale. Während die Kommissarin sich schnell der Wache näherte, sortierte sie ihre Gedanken. Ob der Mörder nach der Mappe – oder besser gesagt: deren Inhalt – gesucht hatte? Dies würde sich zeigen, sobald Antje und Roland sich das Haus genauer anschauten und Hinweise fanden. Und welche Rolle spielte die unbekannte Person, die ihrem Kollegen entkommen war? Handelte es sich um den Täter oder jemand anderen? Ob der Mörder noch vor Ort gewesen war, als Silke Meester auf der Bildfläche erschien? Oder hatte die Bürgermeisterin selbst die Tat begangen? Die Kommissarin spürte, welchen Widerwillen der letzte Gedanke bei ihr hervorrief. Die Freundin ihres Vaters – eine Mörderin? Dies erschien ihr nicht nur wegen ihrer persönlichen Bindung zu der Amtsträgerin absurd. Antje hatte Silke Meester noch nie als aggressiv erlebt, eher als übertrieben furchtsam. Doch gerade diese Eigenschaft war es, die sie verdächtig erscheinen ließ. Wenn die Bürgermeisterin sich von Tolk bedroht gefühlt hatte und in Notwehr zum Messer greifen musste? Auch diese Variante ließ sich nicht ausschließen. Ein Mensch, der ums nackte Überleben kämpfte, war zu allem fähig. Diesen Umstand musste sie sich vor Augen führen. Und es passte zu Silke Meesters Charakter, dass sie unmittelbar nach der Tat zu Tjark Fedder geradelt war, um dort Hilfe und Unterstützung zu finden. Vielleicht hatte sie ihr eigenes Handeln sogar erfolgreich verdrängt. Antje musste sich dazu zwingen, nicht weiter zu spekulieren. Noch kannten die Polizisten viel zu wenige Fakten, um das Todesrätsel erfolgreich lösen zu können. Antje erreichte die Dienststelle und zog schnell ihre Uniform an. Außerdem holte sie natürlich auch ihre Pistole aus dem Safe, bevor sie zum Tatortkoffer griff und sich auf den Rückweg zu Tolks Haus machte. Als sie das Gebäude erreichte, hatte Roland dort inzwischen für »Festbeleuchtung« gesorgt. Sämtliche Lampen waren eingeschaltet. Natürlich wollte er verhindern, dass Spuren oder Hinweise wegen der schlechten Lichtverhältnisse versehentlich übersehen wurden. Die Nacht war über Juist hereingebrochen.

»Ich bin wieder da«, rief Antje, als sie durch die Eingangstür kam. Ihr Kollege nickte ihr zu: »Ich konnte nirgendwo Einbruchspuren entdecken. Entweder hat das Opfer den Täter hereingelassen oder der Mörder besaß einen eigenen Schlüssel – denkst du, dass die Ex-Frau noch ein Exemplar besitzt?«

»Das müsste sich nachprüfen lassen«, erwiderte die Kommissarin, »und außerdem sollten wir Bodo fragen, ob er vor Fietes Rückkehr auf die Insel mit der Vermietung betraut war. In dem Fall müsste er nämlich ebenfalls über einen Schlüssel verfügen.«

»Die Vermutung liegt nahe«, meinte Roland. Bodo Manning war ein Immobilienmakler und Hausverwalter, den viele Besitzer von Ferienhäusern und -wohnungen mit der Betreuung ihrer Objekte beauftragten. Der Polizist fragte: »Arbeitet Elsa Sund immer noch für Bodo? Wenn ja, dann sollten wir uns morgen mit ihr zusammensetzen. Ich könnte mir vorstellen, dass sie die Endreinigung nach dem vorherigen Mieter des Hauses vorgenommen hat. Und Elsa hört bekanntlich die Flöhe husten.«

Antje musste grinsen. Auch sie wusste nur allzu gut, wie neugierig die Reinigungskraft war. Manchmal konnte diese Eigenschaft nervtötend sein – aber falls die polizeilichen Ermittlungen dadurch vorankamen, würde die Kommissarin gern eine Stunde in Elsa Sunds Gesellschaft verbringen.

»Ich kann es kaum abwarten, sie auszuquetschen«, meinte Antje. »Die Frau redet wie ein Wasserfall.«

»Sie ist eben keine gebürtige Inselfriesin«, erwiderte Roland augenzwinkernd, womit er auf die angebliche Maulfaulheit der Juister anspielte. Während die Polizisten miteinander sprachen, blieben sie nicht untätig. Beide hatten Latexhandschuhe angezogen. Roland durchforstete die Schränke und Schubladen, seine Kollegin nahm sich die Taschen des Mordopfers vor. Darin fand sie nur ein gebrauchtes Papiertaschentuch, einen Schlüsselbund und ihre eigene Visitenkarte.

»Wir wussten ja schon, dass Fiete kein Handy besitzt«, sagte die Polizistin, »und ich wundere mich nicht darüber, dass der Täter meine Karte nicht mitgenommen hat. Ein Verbrecher wird gewiss nicht die Polizei alarmieren wollen. Ich finde hier kein Portemonnaie und auch keine Brieftasche. Wir müssen also von einem Raubdelikt ausgehen.«

Roland nickte: »Der Täter hat offensichtlich etwas gesucht, alle möglichen Verstecke sind durchgewühlt. Er hat auch die Matratze aus dem Bettgestell gewuchtet – wahrscheinlich, weil er etwas darunter vermutet hat. Ich denke da an diese Mappe, die sich im Tresor auf der Wache befindet.«

Daran hatte Antje auch schon gedacht. Sie erinnerte sich an die Begegnung mit Tolk und dessen unübersehbare Erleichterung, als sie das Objekt eingeschlossen hatte.

»Ob der Verbrecher als Nächstes versucht, in die Wache einzubrechen?«, dachte sie laut nach. Roland war skeptisch: »Um dort unseren Safe zu knacken? So dumm kann doch niemand sein. Ich meine, ein Profi würde das Ding gewiss aufbekommen. Die Juister Polizeistation ist nicht *Fort Knox*. Und überhaupt – warum sollte der Täter annehmen, dass die Mappe dort aufbewahrt wird? Ein solcher Service für Zivilisten ist nicht gerade alltäglich, würde ich meinen. – Trotzdem wäre es besser, wenn du heute Nacht nicht allein bleibst.«

»Das sagst du ja nur, weil du bei mir im Bett schlafen willst«, unterstellte Antje lächelnd ihrem Freund.

»Ich bin durchschaut«, gab er augenzwinkernd zurück. Zunächst mussten die Polizisten sich um das Opfer kümmern. Roland rief nicht nur einen Arzt, sondern auch den Spediteur an, der die Polizisten schon öfter beim Transport einer Leiche aufs Festland unterstützt hatte. Der

Besitzer eines Fuhrwerks hatte schon geschlafen, erklärte sich aber bereit, anzuspannen und gleich zur Billstraße zu kommen. Schwere Lasten wurden auf Juist mithilfe von Pferdewagen transportiert. Antje nahm das blutige Messer an sich und tat es in einen Beutel für Beweisstücke. Es musste im kriminaltechnischen Labor Oldenburg untersucht werden. In dieser Stadt befand sich auch das gerichtsmedizinische Institut, wo der Tote obduziert werden sollte. Auf der Insel gab es hierfür keine Möglichkeit. Der Kommissar hatte sein Telefonat beendet und kam zu seiner Freundin herüber: »Jannik holt seinen Wagen aus der Remise und kommt gleich her.«

»Sehr gut, Roland. – Ich weiß übrigens gar nicht, ob Fiete und Juliane rechtskräftig geschieden sind. Sie ist damals abgehauen, und bald darauf hat er ebenfalls die Insel verlassen. Trotzdem können sie immer noch Eheleute sein, zumindest auf dem Papier.«

»Du denkst an das Erbe, Antje? Ich bin kein Jurist, aber wenn Tolks Eltern nicht mehr leben, er keine Geschwister und Kinder hat, dann wird die Gattin seine Alleinerbin sein.«

Die Kommissarin erinnerte sich daran, was ihr Vater über Juliane gesagt hatte: *Sie war mit Schmuck behängt wie ein Weihnachtsbaum mit bunten Kugeln!* Durch ihre Vorliebe für Geld und Luxus wurde diese Frau nicht automatisch verdächtig, aber zumindest hatte sie ein überzeugendes Motiv. Es war, als ob Roland Antjes Gedanken gelesen hätte: »Nach Tolks gewaltsamem Tod würde unser erster Verdacht auf Juliane fallen. Sie hätte es etwas raffinierter anstellen können, ihn um die Ecke zu bringen.«

»Es könnte sich um eine spontane Tat gehandelt haben«, meinte die Polizistin. »Die Mordwaffe stammt aus dem Messerblock in der Küche, dort fehlt nämlich eins. Vielleicht ist ein Streit zwischen den beiden entbrannt, und

Juliane hat spontan gehandelt. Eventuell reden wir von Notwehr, auch dies sollten wir berücksichtigen.«

Nun trat der Arzt durch die offen stehende Haustür ein. Es war derselbe Mediziner, der kurz zuvor die Bürgermeisterin behandelt hatte. Antje erklärte ihm kurz die Lage. Sie zweifelte eigentlich nicht an der Todesursache, denn die Stichwunde in Tolks Brust war nicht zu übersehen. Dennoch musste offiziell von einem Doktor attestiert werden, auf welche Art der Mann ums Leben gekommen war. Während der Arzt die Leiche untersuchte, berieten die Kommissare sich im Nebenraum.

»Das Zeitfenster für die Tat ist relativ klein«, stellte Roland fest. »Als Tolk zu uns auf die Wache kam, war er noch quicklebendig. Da ist es ungefähr 18 Uhr gewesen. Wie lange ist er geblieben?«

»Maximal eine Viertelstunde.«

»So hab ich das auch in Erinnerung, Antje. Nehmen wir an, dass er sich danach sofort zu seinem Haus begab. Ein Fahrrad hatte er nicht, zumindest habe ich keins gesehen, als ich ihm nachgeschaut habe. Wie lange braucht man zu Fuß von der Polizeistation bis hierhin?«

»Vielleicht zwanzig Minuten. Allerdings war Fiete nicht mehr der Jüngste. Wir wissen nicht, wie gut er noch gehen konnte.«

Der Kommissar erwiderte: »Gut, dann rechnen wir großzügig und vermuten, dass er zwischen viertel vor sieben und sieben daheim war. Und Silke Meester wird gewiss unmittelbar nach ihrem Leichenfund zur *Juister Kajüte* gestrampelt sein. Dort erschien sie um kurz vor acht Uhr. Grob gerechnet hat der Mord also irgendwann während dieser einen Stunde stattgefunden.«

Antje ergänzte: »Falls die Ex-Frau – oder getrennt lebende Gattin – für diesen Zeitraum ein überzeugendes Alibi hat, können wir sie von unserer Verdächtigenliste streichen.

Fiete erwähnte ja noch andere Personen, die morgen Geld von ihm bekommen sollen. Wir müssen herausfinden, um wen es sich handelt.«

Der Arzt kam nun zu den Polizisten, nachdem er die Leiche untersucht hatte: »Der Mann ist durch einen einzigen Stich in den Brustkorb ums Leben gekommen, in unmittelbarer Nähe des Herzens. Er muss sofort tot gewesen sein. Einzelheiten werden Sie erfahren, nachdem der Kollege auf dem Festland die Obduktion vorgenommen hat.«

Der Mediziner stellte einen vorläufigen Totenschein aus und verabschiedete sich. Roland begann nun damit, Tolks sterbliche Überreste in eine Plane zu verpacken, die Antje ebenfalls von der Wache mitgenommen hatte. Wenig später ertönte das auf Juist so vertraute Geräusch von Pferdehufen auf dem Straßenbelag. Das angeforderte Fuhrwerk traf ein. Die Polizistin wechselte ein paar Worte mit dem Spediteur und bedankte sich, dass er zu dieser späten Stunde sofort einsatzbereit war. Dann hoben die drei mit vereinten Kräften die Leiche auf die Ladefläche. Am nächsten Morgen würde die erste Fähre den Toten mit nach Norddeich nehmen, wo Polizeikollegen für den Weitertransport nach Oldenburg sorgen mussten. Momentan gab es allerdings keinen Grund, an der vom Arzt festgestellten Todesursache zu zweifeln. Nachdem Antje dem Kutscher auch den Beweismittelbeutel mit der mutmaßlichen Mordwaffe mitgegeben hatte, stieg er auf den Bock. Das Fuhrwerk setzte sich in Richtung Inselhafen in Bewegung. Die Ermittler schlossen das Haus ab und versahen die Tür mit einem polizeilichen Siegel.

»Wir hätten Fingerabdrücke sichern können«, gab Roland zu bedenken.

»Ja, aber das Gebäude wurde bis vor Kurzem noch als Feriendomizil vermietet«, erwiderte Antje. »Selbst nach sorgfältiger Reinigung durch eine Putzkraft werden wir dort vermutlich noch Abdrücke oder Teilabdrücke von zahlreichen Personen finden. Wenn wir erst einmal weitere Verdächtige auf dem Zettel haben, sieht die Sache schon anders aus. Dann können wir Abgleiche vornehmen und feststellen, ob sie dort gewesen sind oder nicht.«

»Das hatte ich mir nicht überlegt«, gab der Kommissar zu. Sie erwiderte nichts. Während des restlichen Wegs zur Wache blieb Antje ruhig.

»Du bist stiller als sonst«, stellte er fest und warf ihr einen besorgten Blick zu.

»Ich zerbreche mir den Kopf darüber, ob wir diese Bluttat nicht hätten verhindern können«, murmelte die Polizistin. »Fiete muss geahnt haben, dass es jemand auf ihn abgesehen hatte. Warum bat er uns, die Mappe für ihn aufzubewahren? Weil er einen Raub oder einen Diebstahl befürchtete, aus keinem anderen Grund.«

»Er hätte uns von einer Bedrohung berichten können, dann wären wir tätig geworden.«

»Du hast Fiete nicht so gekannt, wie ich es tat, Roland. Es muss ihn schon eine große Überwindung gekostet haben, uns die Mappe anzuvertrauen. Er hätte niemals zugegeben, sich vor jemandem zu fürchten. Dafür war er zu stolz, es wäre ihm als eine Schwäche erschienen.«

Es sah nicht so aus, als ob der Kommissar sich mit dieser Erklärung zufriedengeben würde. Er legte seinen Arm um ihre Schultern und sagte eindringlich: »Du solltest dir jedenfalls keine Vorwürfe machen, weil Fiete Tolk getötet wurde, Antje. Ich weiß nicht, wie wir dieses Verbrechen hätten verhindern können. Wenn jemand seine Ermordung befürchtet und dies gegenüber der Polizei verheimlicht, dann sind uns die Hände gebunden.«

»Die Übergabe der Mappe an uns war ein Hilferuf«, beharrte die Polizistin. »Es war seine Art, uns mitzuteilen, dass wir auf ihn achten sollten. Ich habe es leider nicht verstanden.«

»Und ich erst recht nicht, Gedankenlesen gehört nicht zu meinen Fähigkeiten«, gab Roland etwas gereizt zurück. Er fuhr fort: »Ich möchte jetzt wissen, was sich in dieser Mappe befindet. Vielleicht können wir ja weitere Straftaten verhindern, indem wir es herausfinden.«

Ihr Freund fand es nicht gut, dass Antje sich eine Mitschuld an diesem Verbrechen gab. Das war ihr vollkommen bewusst. Aber sie konnte nicht aus ihrer Haut. Obwohl sie Fiete Tolk seit vielen Jahren nicht gesehen hatte, fühlte sie sich ihm verbunden. Vielleicht, weil es sich bei dem Mordopfer um einen langjährigen Freund ihres Papas handelte? Andererseits hatte Roland im Kern natürlich recht. Es war wirklich sehr weit hergeholt, aus Fietes Bitte eine unmittelbare Bedrohung seines Lebens zu schlussfolgern. Die Polizei konnte nicht alle Straftaten verhindern, so wünschenswert dies auch wäre.

»Ich habe wohl etwas übertrieben«, lenkte sie ein. »Ja, lass uns die Mappe unter die Lupe nehmen.«

»Du bist eben um deine Mitmenschen besorgt, und dafür liebe ich dich«, erwiderte er. Und bevor sie auf seine Worte reagieren konnte, hatte er ihr einen Kuss gegeben. Inzwischen befanden die beiden sich vor der Dienststelle in der nächtlich-stillen Carl-Stegmann-Straße. Eigentlich sollte es ja während der Arbeit keine öffentlichen Zärtlichkeiten zwischen ihnen geben. Aber erstens war weit und breit niemand zu sehen, und zweitens war momentan nur Antje selbst in Uniform, während ihr Freund immer noch seine Freizeitkleidung trug. Daher freute sie sich einfach nur über seine Liebesbekundung und öffnete die Tür zur Wache. Insgeheim hatte sie befürchtet, dass dort in der Zwischenzeit jemand eingestiegen wäre. Das war zum Glück nicht geschehen. Antje schaltete die Deckenbeleuchtung ein, zog Latexhandschuhe über und öffnete den Tresor. Vorsichtig zog sie die Mappe heraus und klappte diese auf. Sie war leer.

Kapitel 4

Am nächsten Morgen wachte Antje mit Kopfschmerzen auf. Sie hatte während der Nacht nur wenig Schlaf gefunden, denn die rätselhaften Umstände von Tolks Ermordung ließen sie nicht zur Ruhe kommen. Vor allem auf eine Frage konnte die Kommissarin keine zufriedenstellende Antwort finden: Aus welchem Grund hatte das Opfer den Polizisten eine Mappe ohne Inhalt anvertraut? Handelte es sich um eine Art von schlechtem Scherz? Und wenn ja – warum hätte Tolk dies tun sollen? Nein, der Freund ihres Vaters war kein Witzbold gewesen. Er musste mit seinem Handeln eine Absicht verfolgt haben, die Antje noch nicht durchschaute. Nach der Dusche fühlte die Polizistin sich schon etwas besser. Als sie in einer frischen Uniform das Bad verließ, hatte Roland bereits Tee gekocht und den Frühstückstisch gedeckt. Es kam selten vor, dass er bis zum Morgen bei ihr blieb, obwohl die beiden schon seit Jahren ein Liebespaar waren. Aber an diesem Tag herrschten eben ganz besondere Umstände. Sie warf ihm einen prüfenden Blick zu: »Du siehst nicht besonders erholt aus, ehrlich gesagt.«

»Ich hoffe auf die belebende Wirkung dieser Assam-Mischung«, erwiderte Roland augenzwinkernd, während er für Antje und sich selbst Tee eingoss. Dann fuhr er fort: »Ich weiß nicht, warum Tolk uns diese Mappe anvertraut hat. Vorhin habe ich sie mir noch einmal genau angeschaut. Es wäre ja möglich, dass im Futter etwas versteckt war oder es einen doppelten Boden gibt. Nee, Fehlanzeige. Darin ist absolut nichts versteckt, die Kriminaltechniker würden auch keinen geheimen Inhalt finden.«

Antje nahm am Tisch Platz, bestrich eine Scheibe Brot mit Honig und erwiderte: »Ich glaube, unsere Überlegungen gehen in eine falsche Richtung. Die Mappe war vielleicht nur ein Täuschungsmanöver – aber nicht wir waren es, die in die Irre geführt werden sollten.«

»Wie meinst du das? Ich verstehe nur Bahnhof«, gestand er. Sie erklärte lächelnd: »Als Fiete Tolk bei der Wache klingelte, hielt er die Mappe gut sichtbar in seiner Linken, richtig? Und später, nachdem er sie uns übergeben hatte, verließ er die Polizeistation mit leeren Händen.«

Roland schnippte mit den Fingern: »Jetzt kapiere ich, worauf du hinauswillst! Tolk ging davon aus, beobachtet zu werden. Wer immer hinter ihm her war, sollte glauben, dass er irgendwelche wichtigen Dokumente oder Gegenstände bei uns hinterlegt hätte. Ein professioneller Geldschrankknacker wäre durchaus dazu fähig gewesen, unseren Tresor zu öffnen. Aber die meisten Menschen sind dazu nicht in der Lage, das gilt auch für viele Verbrecher.«

Antje biss in ihr Honigbrot und sagte kauend: »Ja, genau. Fiete hat also die Übergabe von vermeintlich Wertvollem an uns nur inszeniert, weil er davon ausging, verfolgt zu werden. So wollte er seinen Widersacher foppen.«

»Also wurde Tolk aus Wut getötet, weil die Mappe für den Täter unerreichbar in unserem Safe lag?«, dachte Roland laut nach. Antje zuckte mit den Schultern: »Das wäre zumindest eine Möglichkeit. Erinnere dich an Fietes Aussage: Er wollte am heutigen Tag einigen Leuten Geld zukommen lassen, bei denen er Schulden hatte. Zumindest habe ich seine Worte so verstanden.«

»Demnach wäre also eine größere Summe irgendwo anders versteckt? Natürlich, aus dem Grund wurde sein Haus durchsucht«, meinte Roland und fuhr fort: »Aber das ergibt keinen Sinn, Antje. Wenn sein Verfolger davon überzeugt war, dass Tolk seine Wertsachen auf der Wache deponiert hat – warum hätte er den Alten dann umbringen und an der Billstraße nach dem Geld Ausschau halten sollen?«

Die Polizistin hatte ihren Tee ausgetrunken und schenkte sich eine zweite Tasse ein. Sie erinnerte: »Fiete hat von mehreren Personen gesprochen, die etwas von ihm zu bekommen hätten. Nicht jeder dieser Menschen wird ihn beobachtet haben, als er mit der Mappe in der Hand die Wache betrat. – Wir sollten als Erstes herausfinden, wer von Fiete einen warmen Finanzregen erwarten konnte.«

Roland nickte eifrig: »Ja, einverstanden. Und ich weiß auch, mit wem wir beginnen. Ich denke da an die Dame, die sich gestern bei deinem Vater nach Tolk erkundigt hat.«

Die Kommissare beendeten ihr Frühstück und fuhren zum *Strandhotel Juist* hinüber. Die Sonne war bereits aufgegangen, der Horizont über der Nordsee verschwamm in Diesigkeit. Doch nach einem kurzen Regenschauer blies eine kräftige Brise die frühen Nebel fort. Es versprach ein schöner Spätsommer- oder Frühherbsttag zu werden. Die Polizisten parkten ihre Räder vor dem imposanten weißen Gebäude und meldeten sich an der Rezeption.

»Moin, wir möchten mit Frau Tolk sprechen«, erklärte die Kommissarin.

»Dieser Gast hat sich vor einer Viertelstunde zum Frühstück begeben«, lautete die Erwiderung. Antje nickte der Rezeptionistin zu und ging gemeinsam mit Roland zum Speisesaal. Es war viele Jahre her, seit die Kommissarin Juliane Tolk zum letzten Mal gesehen hatte. Dennoch musste man kein kriminalistisches Superhirn sein, um sie zu erkennen. Nur zwei Frauen saßen jeweils allein an einem Tisch, und eine von ihnen war in Antjes Alter. Also musste es sich bei der anderen Dame um die Gesuchte handeln. Im Näherkommen glaubte die Polizistin, Juliane Tolks Gesichtszüge wiederzuerkennen. Und sie musste an die Worte ihres Vaters denken. Bei den Ohrgehängen und Armreifen dieser Frau handelte es sich keineswegs um billigen Modeschmuck. Und ihre Uhr hatte vermutlich mehrere Monatsgehälter einer Polizeikommissarin gekostet. Juliane Tolk – falls sie es war – schaute aus dem Fenster und genoss die Aussicht, während sie ihr Müsli löffelte. Sie bemerkte die beiden erst, als Antje und Roland vor ihrem Tisch standen.

»Moin! Sind Sie Frau Tolk?«

Die Polizistin stellte diese Frage, während sie der Dame ins Gesicht schaute. Anzeichen für Nervosität oder Schuldbewusstsein zu erkennen. Juliane Tolk musste als mordverdächtig gelten, solange sie kein plausibles Alibi vorweisen konnte. Am Vorabend war sie laut Tjark Fedder äußerst erpicht darauf gewesen, Fiete zu treffen. Hatte sie ihr Ziel erreicht? Und falls das zutraf – was war dann geschehen? Die Frau hob den Kopf, wobei ihr Blick auf das Namensschild an Antjes Uniformbluse fiel: »Ja, ich bin Juliane Tolk. Und du – Verzeihung: Sie müssen Tjarks Tochter sein. Ich war gestern in seinem Lokal. Da hat er allerdings nicht erwähnt, dass seine Tochter jetzt bei der Polizei arbeitet.«

»Es stimmt, Tjark Fedder ist mein Vater. Es ist lange her, dass Sie und ich einander begegnet sind. – Wir müssten in Ruhe mit Ihnen sprechen.«

»Geht es um meinen Ehemann? Steckt er in Schwierigkeiten? Natürlich tut er das, andernfalls würde sich wohl die Polizei nicht mit ihm befassen müssen. – Nehmen Sie doch bitte Platz und sagen Sie mir, was er jetzt schon wieder angestellt hat.«

Juliane Tolk machte eine einladende Handbewegung. Sie saß allein an einem Tisch, der für vier Personen gedacht war. Die Kommissare hätten sich also durchaus zu ihr setzen können. Doch nun öffnete Roland den Mund: »Ich bin übrigens Kommissar Witte, Frau Tolk. – Meine Kollegin muss Ihnen eine Mitteilung machen, die nicht für die Öffentlichkeit bestimmt ist.«

Die Dame hob die Augenbrauen und erwiderte: »Ach, wirklich? Ich glaube nicht, dass mich in Zusammenhang mit Fiete noch etwas schockieren kann. Also setzen Sie sich bitte endlich. Es macht mich ganz nervös, wenn Sie hier herumstehen.«

Die Anwesenheit von zwei uniformierten Polizisten zog natürlich die Aufmerksamkeit der übrigen anwesenden Hotelgäste und des Personals auf sich. Da Juliane Tolk offenbar an ihrem Tisch bleiben wollte, ließen die beiden sich nun ihr gegenüber nieder.

»Ich muss Ihnen leider mitteilen, dass Ihr Ehemann nicht mehr lebt«, erklärte Antje mit gedämpfter Stimme. »Er wurde gestern Abend in seinem Haus in der Billstraße gefunden. Wir müssen von einem Gewaltverbrechen ausgehen.«

Die Überbringung einer Todesnachricht war stets eine heikle Angelegenheit. Menschen reagierten darauf höchst unterschiedlich, das hatte die Kommissarin während ihres Berufslebens schon oft genug feststellen müssen. Juliane Tolk zuckte kurz zusammen. Sie formte ihren Mund zu einem O, während sie gleichzeitig mit beiden Händen ihre Kaffeetasse umfasste – als ob sie befürchten würde, dass ihr jemand diese entreißen könnte. Ihr Brustkorb hob und senkte sich, weil sie tief durchatmete. Ihre Stimme klang nun etwas belegt: »Es mag sich für Sie grausam anhören, aber ich wundere mich nicht über Fietes Ermordung.«

Weil du ihn selbst umgebracht hast? Diese Frage spukte durch Antjes Kopf. Natürlich sprach sie die Worte nicht aus. Noch hatten sie und Roland sich nicht nach Juliane Tolks Alibi erkundigt. Falls sie die fragliche Zeit in Gesellschaft von zuverlässigen Zeugen verbracht hatte, konnte sie der Tat gar nicht verdächtig sein.

»Erzählen Sie uns bitte mehr über Ihren Ehemann, falls Sie sich jetzt dazu in der Lage fühlen«, bat der Kommissar. Juliane Tolk erwiderte: »Ja, das kann ich tun. – Wahrscheinlich halten Sie mich für ein abgebrühtes Luder, weil ich wegen Fietes Tod keine Tränen vergieße. Ich habe ihn schon seit Langem nicht mehr geliebt, obwohl wir auf dem Papier immer noch miteinander verheiratet waren.«

»Warum haben Sie sich nicht scheiden lassen?«

»So einfach war das nicht, Frau Fedder. Ich weiß nicht, wie viel Ihr Vater Ihnen über seinen Freund erzählt hat. Vielleicht hat auch Tjark nicht wirklich gewusst, was für ein Mensch Fiete war. Ich halte Ihren Papa für einen gradlinigen und zuverlässigen Mann. Wenn er die Wahrheit über meinen Ehemann gekannt hätte ...«

Sie beendete den Satz nicht. Antje ahnte, worauf Juliane Tolk hinauswollte. Die Kommissarin musste sich vergewissern: »Also hat Fiete meinem Vater etwas vorgespielt?«

»Nicht nur ihm, sondern der ganzen Insel«, behauptete die Ehefrau. »Glauben Sie etwa, es wäre beim Tod des alten Ahlers mit rechten Dingen zugegangen?«

Antje durchforstete ihr Gedächtnis. Sie war noch ein junges Mädchen gewesen, als Hinrich Ahlers verstarb. Der Segelmacher musste weit über siebzig gewesen sein. Sie konnte sich nicht daran erinnern, dass damals jemand an einer natürlichen Todesursache gezweifelt hätte – auch die Polizei nicht.

»Moment mal … ist Fiete nicht Hinrich Ahlers' Gehilfe gewesen?«

Juliane Tolk nickte: »Ja, und kurz nach dessen angeblichem Herztod kehrte mein Göttergatte Juist den Rücken.«

Unterstellte diese Frau Fiete Tolk, seinen damaligen Arbeitgeber umgebracht zu haben? Falls ein berechtigter Verdacht bestand, würde Antje der Sache natürlich nachgehen. Deshalb hakte sie nach: »Warum sind Sie nicht zur Polizei gegangen, wenn Sie von der Straftat wussten?«

Die Witwe lachte, als ob die Kommissarin einen Scherz gemacht hätte. Aber dann wurde sie sofort wieder ernst: »So einfach ist das leider nicht, Frau Fedder. Ich konnte Fiete ja nichts beweisen, verstehen Sie? Außerdem hatten wir uns schon auseinandergelebt. Und ehrlich gesagt war ich in einen anderen Mann verliebt, mit dem ich dann auch fortgegangen bin. Wenn ich Fiete bei den Behörden angeschwärzt hätte, dann wäre ich selbst ins Zwielicht geraten, oder?«

Antje wusste nicht, was sie von dieser Rechtfertigung halten sollte. Fiete Tolk hatte angegeben, wegen der Untreue seiner Frau Juist verlassen zu haben. In dieser Hinsicht deckten sich also die Aussagen der Eheleute. Und falls er wirklich für den Tod des alten Ahlers verantwortlich war, würde er dies gegenüber den Polizisten bestimmt nicht zugegeben haben. Es war allgemein bekannt, dass Mord nicht verjährte. Ob sich herausfinden ließ, wie der Segelmacher damals umgekommen war? Die Kommissarin stellte diese Überlegung zurück. Stattdessen fragte sie: »Warum haben Sie sich gestern Abend bei meinem Vater nach Ihrem Ehemann erkundigt?«

»Ich wollte erfahren, ob Fiete sich überhaupt auf der Insel befindet. Ich wusste ja, wie gut Tjark und mein Mann sich damals verstanden haben. Daher dachte ich, dass Fiete bestimmt bei ihm aufgetaucht wäre. Aber Ihr Papa wusste von nichts. Ich befürchtete schon, dass mein Gatte sich einen schlechten Scherz erlaubt hätte.«

»Wie meinen Sie das?«, warf Roland ein.

Die Antwort lautete: »Vor ungefähr zwei Wochen rief Fiete mich an. Sein Lebenszeichen traf mich wie ein Blitz aus heiterem Himmel, denn ich hatte seit vielen Jahren nichts von ihm gehört. Er faselte etwas von ‚reinen Tisch machen‘ und ‚Sühne leisten‘. Es lief darauf hinaus, dass Fiete mehreren Personen Geld geben wollte – auch mir. Dies sollte persönlich geschehen, am heutigen Tag in seinem Haus an der Billstraße.«

Dort, wo Fiete Tolk umgebracht wurde, dachte Antje. Sie fragte: »Wer sind diese anderen Menschen, von denen Ihr Mann sprach?«

»Das weiß ich nicht«, behauptete die Ehefrau. Sie fuhr fort: »Fiete wird einigen Menschen in seinem Leben übel mitgespielt haben. Vielleicht ahnte er, dass es mit ihm zu Ende ging und wollte Buße tun. Eine andere Erklärung für seine plötzliche Großzügigkeit fällt mir nicht ein – außer, dass er mich und einige weitere Leute einfach veralbern wollte.«

»Sie haben keine besonders hohe Meinung von dem Mordopfer.«

»Sie müssen mich für kaltherzig halten, Herr Witte. Das begreife ich. Aber wenn Sie Fiete so gut gekannt hätten, wie ich es tat, dann würden Sie mich verstehen. Er war ein Lügner und Betrüger. – Ja, ich bin damals fremdgegangen. Aber mein Gatte war auch nicht besser. Er hatte eine heimliche Affäre mit einer jungen Frau, die für die Gemeinde Juist arbeitete.«

Die Polizistin horchte auf: »Können Sie sich an den Namen der Person erinnern?«

»Das ist lange her, und ich kannte sie nur vom Sehen. Sie hieß … Moment mal … Sonja Meister oder so ähnlich.«

»Silke Meester?«, schlug Antje vor, während ihr Pulsschlag sich beschleunigte und ihr ein kalter Schauer über den Rücken lief. Juliane Tolk schnippte mit den Fingern: »Ja, genau so hieß sie – eine kleine, magere Blonde!«

So sieht Silke Meester immer noch aus, dachte die Kommissarin verdrossen. *Inzwischen ist sie Bürgermeisterin sowie Papas Freundin – und sie hat die Leiche ihres mutmaßlichen Ex-Freundes entdeckt!*

Kapitel 5

Antje wusste nicht, ob man ihr die Aufregung an der Nasenspitze ansehen konnte. Roland schien zu spüren, dass sie jetzt dringend eine kleine Auszeit benötigte.

»Für unser Protokoll müssten wir noch wissen, wo Sie sich gestern Abend zwischen 19 und 20 Uhr aufgehalten haben, Frau Tolk«, sagte der Kommissar.

»Ich verstehe – als Ehefrau ist man automatisch verdächtig, nicht wahr? Nun, ich bin spazieren gegangen, dafür habe ich leider keine Zeugen. Aber ich weiß, dass ich Fiete nicht umgebracht habe«, erwiderte sie. Roland notierte die Angaben und legte eine seiner Visitenkarten auf den Tisch: »Wir haben Sie für den Moment mit genügend Fragen behelligt. Eine Identifizierung des Toten durch Sie ist nicht nötig, da meine Kollegin das Opfer persönlich kannte und zweifellos festgestellt hat, dass es sich um Fiete Tolk handelt. Wir benötigen noch Ihre Mobilnummer, um Sie erreichen zu können. Und falls Ihnen noch weitere Einzelheiten einfallen, können Sie uns jederzeit anrufen.«

Juliane Tolk diktierte ihm eine Zahlenfolge, die er gleich in sein Smartphone tippte.

»Ich hoffe, dass Sie den Mörder meines Mannes bald fassen.«

Diese Worte gab die Witwe zum Abschied von sich. Antje vermutete allerdings, dass es ihr weniger um Sühne für ein Verbrechen als um Tolks Nachlass ging. Falls kein Testament vorlag, in dem andere Vereinbarungen standen, würde nach der gesetzlichen Erbfolge die Noch-Ehefrau die Hand aufhalten können. Die Polizisten verließen schweigend das Hotel. Als sie ihre Räder aufschlossen, fragte Roland: »Du traust Silke nicht ernsthaft einen Mord zu, oder?«

»Natürlich nicht!«, stieß sie mit dem Brustton der Überzeugung hervor. Dann schränkte sie ein: »Allerdings wäre es möglich, dass eine Art Notwehrsituation eintrat. Du kennst unsere Bürgermeisterin, sie ist ein ängstlicher Mensch. Vielleicht hat sie Fiete im Ort getroffen, und er lud sie zu sich ein. Sie könnte auch zu den Leuten gehören, die er mit Geld beglücken wollte, was weiß ich. Plötzlich möchte er die damalige Affäre wieder aufleben lassen und wird zudringlich. Silke will weglaufen, was eher ihrer Natur entspricht. Doch Fiete versperrt ihr den Weg. Vielleicht war er ja wirklich so ein Schurke, wie seine Ehefrau uns glauben machen will. Wir müssen alle Möglichkeiten berücksichtigen. Silke greift zum Messer, um ihn abzuschrecken. Doch er versucht, ihr die Waffe abzunehmen. Sie ringen miteinander, bis die Klinge in seinem Oberkörper landet. Silke erkennt, was sie getan hat. Sie versucht vergeblich, ihn wiederzubeleben. Unter Schock fährt sie zur *Juister Kajüte*, wo sie mit blutigen Händen erscheint.«

Roland nickte langsam: »Ja, so könnte es sich zugetragen haben. Lass uns doch gleich mal mit der Bürgermeisterin sprechen, sie hat sich inzwischen hoffentlich von den Aufregungen erholt. – Und was hältst du von dem angeblichen Mord an dem alten Segelmacher?«

»Falls Fiete wirklich etwas mit Ahlers' Tod zu tun hat, muss er sehr geschickt vorgegangen sein«, antwortete Antje. Sie fuhr fort: »Ich kann mich nicht daran erinnern, dass damals jemand an einer natürlichen Ursache für sein Ableben gezweifelt hätte. Er war ja schon betagt und vielleicht nicht mehr ganz gesund. Auf jeden Fall wurde Ahlers von einem Arzt untersucht, der seine Todesursache feststellte.«

Sie verstummte. Roland schaute sie von der Seite an und blinzelte ihr zu: »Ich kenne dich – du hast noch etwas auf dem Herzen, oder?«

»Ja, dir kann man wohl nichts vormachen. Zu der Zeit war Helge Hansen Polizist auf Juist. Damals wurde die Wache nur mit einem Beamten besetzt.«

»Du hast hier auch im Alleingang für Ruhe und Ordnung gesorgt, bevor ich auf der Bildfläche erschienen bin«, stellte Roland fest. Damit hatte er natürlich recht. Vor einigen Jahren beschloss die Polizeiführung, eine zweite Planstelle auf der Insel zu schaffen. Dadurch war der Kommissar dort erschienen und hatte gemeinsam mit Antje sofort einen verzwickten Fall mit unglücklich Verliebten und einer Schusswaffe lösen müssen. Dass er und seine Kollegin sehr schnell ihre Gefühle füreinander entdeckt hatten, stand auf einem anderen Blatt. Inzwischen konnte Antje sich ihr Leben ohne ihn nicht mehr vorstellen. Und sie war sicher, dass es ihm genauso ging. Sie kam auf das eigentliche Thema zurück: »Ich war ja damals noch nicht Polizistin – aber ich habe Hansen immer als einen Beamten betrachtet, der Dienst nach Vorschrift macht und möglichst wenig Staub aufzuwirbeln versucht.«

»Er wäre also beim Tod des Segelmachers nicht unbedingt misstrauisch geworden«, vermutete Roland. Sie nickte und sagte: »Richtig, denn für Fietes Verschwinden von der Insel gab es einen überzeugenden Grund, zumindest in den Augen der Klatschtanten – Juliane war mit ihrem Liebhaber durchgebrannt, wodurch sein Leben aus der Bahn geworfen wurde.«

Während die Kommissare miteinander sprachen, waren sie zum Haus der Bürgermeisterin gefahren. Sie lebte allein in einem geerbten kleinen Friesenhaus, das vor wenigen Jahren liebevoll restauriert worden war. Die beiden lehnten ihre Räder gegen die rote Backsteinmauer. Roland klingelte. Antje schaute auf die Uhr. Es war schon fast halb zehn. Um diese Uhrzeit hätte die Bürgermeisterin bereits auf dem Rathaus sein müssen, denn sie nahm ihre Dienstpflichten sehr ernst. Sie öffnete den Polizisten nach wenigen Augenblicken die Tür. Silke Meester war komplett bekleidet. Sie trug ein taubengraues Geschäftskostüm mit knielangem Rock, eine weiße Seidenbluse und ein rotes Halstuch. Sie hatte sich dezent geschminkt, wie Antje es von ihr kannte. Als die Amtsträgerin die Kommissare erkannte, setzte sie eine schuldbewusste Miene auf – wie eine Schulschwänzerin, die daheim von der Polizei abgeholt werden musste.

»Ich wollte gerade zur Arbeit gehen«, sagte die Bürgermeisterin zur Begrüßung. Antje lächelte ihr zu: »Wir hoffen, dass es dir nach dem gestrigen Schock etwas besser geht. Wir müssen dir im Zusammenhang mit Fiete Tolks Tod einige Fragen stellen.«

»Ja, selbstverständlich«, murmelte Silke Meester. »Tretet bitte näher.«

Sie gab die Tür frei und ging in die Küche voraus. Diese kam Antje wie eine Ausstellungsfläche in einem Möbelhaus vor. Es fiel der Polizistin schwer, sich vorzustellen, dass die Bürgermeisterin vor Kurzem hier gefrühstückt hatte. Nur der Duft nach frischem Tee deutete darauf hin, dass die Amtsträgerin das Haus nicht auf nüchternen Magen verlassen wollte. Nachdem die drei sich am Küchentisch niedergelassen hatten, kam die Kommissarin sofort zur Sache: »Zunächst möchten wir gern von dir erfahren, aus welchem Grund du bei dem Opfer gewesen bist.«

Noch während Antje sprach, wurden die Wangen der Bürgermeisterin von einer leichten Röte überzogen. Es lag auf der Hand, dass die Befragung peinlich für sie werden konnte. Antje war schließlich nicht nur Polizistin, sondern auch die Tochter von Silke Meesters Freund. Die Kommissarin hoffte auf eine wahrheitsgemäße Aussage. Die Bürgermeisterin konnte ja nicht wissen, dass die beiden von ihrer damaligen Affäre bereits wussten. Die Amtsträgerin räusperte sich und begann stockend: »Fiete, äh, Herr Tolk war ein alter Bekannter von mir. Er hat früher auf Juist gelebt, ich weiß nicht, ob du dich an ihn erinnerst. Mit deinem Vater verband ihn eine lange Freundschaft. Herr Tolk rief mich vor ungefähr 14 Tagen an. Er wollte sich heute mit mir treffen, weil er nach all den Jahren nach Juist zurückkehrte.«

An dieser Stelle hakte Roland ein: »Du sprichst vom heutigen Tag. Aber wie kommt es, dass du seine Leiche bereits am gestrigen Abend gefunden hast?«

Die Bürgermeisterin schaute den Kommissar so verblüfft an, als ob seine Frage völlig absurd wäre. Antje vermutete, dass Silke Meester sich in diesem Moment nicht besonders wohl in ihrer Haut fühlte. Ob sie vorgehabt hatte, ihr Verhältnis zu Tolk herunterzuspielen? Sie senkte den Kopf, schaute erst Roland und dann Antje ins Gesicht: »Ich muss euch gegenüber ehrlich sein, sonst könnte ich nicht mehr in den Spiegel schauen. Leicht fällt es mir trotzdem nicht, das könnt ihr mir glauben. – Fiete war mehr als nur ein flüchtiger Bekannter für mich. Ich hatte ein Verhältnis mit ihm, vor vielen Jahren. Und dabei war er zu der Zeit verheiratet.«

»Er ist es anscheinend immer noch.«

Die Polizistin hätte nicht sagen können, warum ihr dieser Satz herausgerutscht war. Vielleicht, weil sie genau wie die Bürgermeisterin mit offenen Karten spielen wollte. Und vielleicht wusste Silke Meester ja wirklich nicht, dass es zwischen Fiete und Juliane Tolk nie ein Scheidungsverfahren gegeben hatte. Die Amtsträgerin wirkte jedenfalls ehrlich überrascht: »Das war mir nicht bekannt! Herrn Tolks Anruf fand ich sowieso sehr seltsam. Er sagte sinngemäß, dass er mir und einigen anderen Menschen heute etwas geben wollte. Sozusagen als Entschädigung.«

»Entschädigung?«, wiederholte die Kommissarin stirnrunzelnd. »Hat er dich denn damals verletzt?«

»Seelisch auf jeden Fall«, murmelte Silke Meester. »Ich war jung und unerfahren. Er spielte mir Liebe vor, hat mich aber nur benutzt. Ich bin keine Frau, die leicht zu haben ist. Bevor ich mit deinem Vater zusammengekommen bin, hatte ich viele Jahre lang überhaupt keinen Mann an meiner Seite.«

Antje wusste nicht, weshalb sie an dieser Aussage hätte zweifeln sollen. Sie war ja selbst höchst überrascht gewesen, als es zwischen Tjark Fedder und Silke Meester gefunkt hatte. Wobei sie ihrem Vater dieses späte Glück natürlich gönnte. Von der Amtsträgerin hatte Antje stets angenommen, dass diese sozusagen mit ihrem Beruf verheiratet sei und nur an das Wohl der Insel dachte.

»Jetzt wissen wir leider immer noch nicht, warum du gestern zu Tolk gegangen bist«, erinnerte Roland.

»Das Telefonat vor zwei Wochen hat mich überrumpelt«, gestand die Bürgermeisterin. »Also sagte ich Fiete … Herrn Tolk spontan zu, an dem heutigen Treffen teilzunehmen. Aber in der Zwischenzeit dachte ich noch einmal intensiv nach. Er sprach ja von mehreren Personen, denen er etwas geben wollte. Was hatte er vor? Unser damaliges Verhältnis öffentlich machen? Den Menschen die Wahrheit unter die Nase reiben? Versteht mich nicht falsch, ich habe damals alles freiwillig getan. Trotzdem ist es mir heute unangenehm. Daher beschloss ich, schon vor dem heutigen Tag unter vier Augen mit Herrn Tolk zu reden. Es ging mir nur darum, auf ihn einzuwirken – damit er mich wieder auslädt.«

»Wusstest du denn, dass er sich schon gestern auf Juist befand?«

»Nein, Antje. Ich bin aufs Geratewohl zu seinem Haus geradelt. Ich vermutete, dass er dort eingezogen sei. Als Bürgermeisterin ist mir ja bekannt, dass es viele Jahre lang als Feriendomizil diente und normalerweise vermietet wurde.«

»Was geschah, nachdem du dort eingetroffen bist?«, wollte die Kommissarin wissen.

»Die Haustür war nur angelehnt«, lautete die Antwort. »Ich rief laut seinen Namen, als ich eintrat, nachdem ich erfolglos geklingelt hatte. Es herrschte eine Totenstille, ich bekam gleich so ein übles Gefühl in der Magengegend. Und dann … sah ich Fiete in seinem Blut liegen! Ich habe sofort versucht, ihn wiederzubeleben. Aber er hatte keinen Puls mehr, da bin ich mir sicher. Ich konnte nicht mehr klar denken, wollte nur noch fort. Und so bin ich bei deinem Vater gelandet.«

»Der Leichenfund war gewiss ein Schock für dich«, stellte Antje klar. »Kannst du dich erinnern, ob du andere Personen im Haus bemerkt hast?«

Die Frage schien die Bürgermeisterin zu erschrecken: »Du meinst … der Killer könnte noch im Haus gewesen sein?«

Antje musste an die Kapuzengestalt denken, die erfolgreich vor Roland geflohen war. Allerdings mussten der Mörder und der Einbrecher nicht zwangsläufig dieselbe Person sein. Konnte man überhaupt von Einbruch sprechen, wenn kein gewaltsames Eindringen stattgefunden hatte? Nach Antjes Meinung war dies Wortklauberei. Sie wollte vor allem erfahren, wonach der Unbekannte gesucht hatte.

»Das wissen wir nicht«, stellte Roland klar. »Dir ist also in der Nähe niemand aufgefallen, der dir verdächtig vorkam?«

»Ich weiß es nicht«, beteuerte die Bürgermeisterin. »Ich hatte so eine Art Tunnelblick, anders kann ich das nicht beschreiben.«

»Hast du das Messer angefasst?«, fragte Antje.

»Ja, gewiss! Ich konnte es doch nicht in seiner Brust steckenlassen.«

»Dir ist schon bewusst, dass du durch den Kontakt mit der mutmaßlichen Mordwaffe tatverdächtig geworden bist?«, gab Roland zu bedenken. Er fuhr fort: »Wir müssen für den kriminaltechnischen Abgleich ohnehin deine Fingerabdrücke nehmen.«

Mit diesen Worten zog er den Scanner hervor, den er bei sich trug. Die Bürgermeisterin streckte ihm brav ihre rechte Hand entgegen, sodass er diese Aufgabe erledigen konnte.

»Warum hätte ich Fiete Tolk töten sollen?« Gleich darauf beantwortete Silke Meester ihre eigene Frage selbst: »Natürlich, wegen des Skandals! Es ist zwar schon lange her, aber eine Bürgermeisterin als Geliebte eines verheirateten Mannes wäre für manche missgünstigen Dreckschleudern ein echter Glücksfall. – Ich wollte jedenfalls deinen Vater gewiss nicht betrügen. Deshalb bin ich nicht zu Fiete Tolk gegangen. Das musst du mir glauben, Antje!«

An dieser Aussage hatte die Kommissarin keinen Zweifel. Sie hielt die Liebe zwischen Tjark Fedder und der Amtsträgerin für echt. Doch rein von der Faktenlage her sah es für Silke Meester nicht gut aus.

Kapitel 6

»Wer weiß, wie viele Personen das Messer angefasst haben«, sagte der Kommissar, nachdem er und seine Kollegin das Haus der Bürgermeisterin wieder verlassen hatten.

»Die Vormittagsfähre läuft bald im Hafen ein«, stellte Antje nach einem Blick auf ihre Armbanduhr fest. »Wenn noch weitere Personen einen warmen finanziellen Regen von Tolk erwarten, dann werden sie sich vielleicht schon an Bord dieses Schiffes befinden.«

»Abgesehen von der Gestalt, die bereits gestern auf Juist war und das Haus durchsucht hat«, stellte Roland nickend fest, »ihn sollten wir uns auf jeden Fall greifen. Vielleicht handelt es sich nicht um den Mörder – aber er hat nach etwas Ausschau gehalten, das ihm sehr wichtig war. Gegenstände, die sich in der Mappe hätten befinden können.«

»Tolk hat wahrscheinlich geahnt, dass er beobachtet wird«, dachte Antje laut nach. »Also trug er die Mappe gut sichtbar bei sich, als er uns auf der Wache besuchte. Als er sich verabschiedete, hatte er sie in der Polizeistation zurückgelassen. Also musste sein Verfolger annehmen, dass wir diese wichtigen oder wertvollen Dinge haben.«

»Und nicht etwa eine Mappe, die nur Luft enthält«, ergänzte der Polizist. Die beiden starteten bei Silke Meesters Haus und fuhren zum Inselhafen. Dort hatten sich vor dem Fährterminal bereits die zur Abreise bereiten Urlauber versammelt. Das Gepäck der Passagiere wurde in große Rollcontainer verpackt, ein alltäglicher Anblick auf dem Platz vor der Mole. Viele Feriengäste transportierten ihre schweren Koffer mithilfe von Handkarren, die auf Juist »Wippen« genannt wurden. Für diese Gefährte gab es sogar einen eigenen Parkplatz. Und natürlich fehlten auch die Pferdefuhrwerke nicht, mit denen sich Touristen aus weiter entfernt gelegenen Quartieren zum Hafen begeben hatten. Im Fährterminal gab es eine Zweigstelle der Touristeninformation. Antje ging dorthin, um sich ein Stück Pappe und einen dicken Filzstift zu leihen. Roland warf ihr einen verblüfft wirkenden Blick zu: »Willst du jetzt trampen? Dir ist schon bewusst, dass es hier keine Autos gibt, oder?«

»Sehr lustig, Rollo«, erwiderte sie. Die Kommissarin benutzte Rolands ungeliebten Spitznamen, wenn sie sich über ihn ärgerte. Oder wenn sie ihm signalisieren wollte, es mit seinen Scherzen nicht zu übertreiben. Sie erklärte: »Ich schreibe jetzt FIETE TOLK in Großbuchstaben auf dieses Schild. Und dann hoffen wir einfach, dass wir ein paar Passagiere finden, die mit dem Namen etwas anfangen können.«

»Wenn sie erst heute auf der Insel eintreffen, können sie weder den Mord begangen noch im Haus herumgeschnüffelt haben«, gab der Kommissar zu bedenken.

»Das weiß ich auch, Roland. Ich hoffe auf Hintergrundinformationen, um die Bluttat verstehen zu können. Geld ist immer ein starkes Verbrechensmotiv, das weißt du so gut wie ich. Aber Fiete Tolk scheint auch mit den Gefühlen von Menschen gespielt zu haben – und dadurch macht man sich ebenfalls nicht gerade beliebt.«

»Sowohl die Ehefrau als auch unsere Bürgermeisterin hätten Gründe dafür gehabt, ihn um die Ecke zu bringen«, stellte Roland fest. »Und die Tatsache, dass beide zur fraglichen Zeit auf der Insel waren und kein Alibi haben, macht es für uns nicht einfacher.«

»Du glaubst doch nicht wirklich, dass Polizeiarbeit leicht ist, oder?«, fragte Antje lächelnd, wobei sie ihm zuzwinkerte. Während sie mit ihrem Kollegen sprach, hatte sie die Pappe auf den Boden gelegt und mit dem Namen des Mordopfers beschriftet. Allmählich kam nun das Fährschiff in Sicht. Der weiß gestrichene Stahlrumpf näherte sich der

Hafeneinfahrt. Zwischen den wartenden Passagieren machte sich Unruhe breit. Die Polizistin musste sich ein Grinsen verkneifen. Stets schien es bei solchen Gelegenheiten Menschen zu geben, die befürchteten, keinen Platz an Bord zu bekommen. Dabei hatte Antje als echtes Inselkind noch nie erlebt, dass jemand zurückgelassen worden wäre – es sei denn, er war volltrunken oder aus anderen Gründen nicht transportfähig. Nachdem das Anlegemanöver erfolgreich über die Bühne gebracht wurde, strömten die neu ankommenden Juistbesucher aus dem Fährterminal. Antje und Roland hatten sich so postiert, dass sie von den Eintreffenden unmöglich übersehen werden konnten. Die meisten von ihnen warfen den uniformierten Beamten zwar neugierige Blicke zu, gingen aber an ihnen vorbei. Doch ein Paar in mittlerem Alter kam auf die Polizisten zu. Der Mann wandte sich direkt an die Kommissarin: »Darf ich fragen, was Sie mit Fiete Tolk zu tun haben?«

Das würde ich auch gern von dir erfahren, dachte Antje. Sie sagte: »Ich muss Ihnen leider mitteilen, dass Herr Tolk nicht mehr lebt. Wir gehen von einem Gewaltverbrechen aus. Und da wir erfahren haben, dass er am heutigen Tag mehrere Personen erwartet hat, hoffen wir auf Informationen zu den Hintergründen seines Todes.«

»Das ist ja furchtbar!«, rief die Frau. »Tolk war so ein freundlicher älterer Herr!«

Antje schaute sich das Paar genauer an. Die beiden schienen miteinander verheiratet zu sein, jedenfalls trugen sie Eheringe. Während der Mann in seiner biederen Freizeitkleidung eher unauffällig wirkte, war seine grell geschminkte Gattin mit ihren blondierten Haaren, ihrem zu engen Jumpsuit und den hohen Schuhabsätzen eine sehr auffällige Erscheinung. Ihre Handtasche hatte vermutlich so viel gekostet, wie eine Polizeikommissarin in zwei Monaten verdiente. Und der Gefühlsausbruch angesichts der Todesnachricht kam Antje sehr theatralisch vor.

Vielleicht ist sie ja eine Hobbyschauspielerin, dachte die Kommissarin, wobei sie sich ein Schmunzeln verkneifen musste.

»Wie heißen Sie?«, fragte Roland, nachdem er seine Kollegin und sich selbst mit Namen und Dienstgrad vorgestellt hatte.

»Ich bin Karsten Schulte, das ist meine Frau Birgit. Wir wurden von Herrn Tolk nach Juist gebeten, weil er uns etwas geben wollte.«

»Was denn genau?«, wollte Antje wissen.

»Dazu hat er leider nichts gesagt, es sollte eine Überraschung werden. Vielleicht ein Gemälde? Meine Gattin und ich sind große Kunstliebhaber«, erwiderte Schulte. Er fuhr fort: »Wir haben in seinem Laden einige Kunstwerke erworben, die wir schön fanden. Dabei freundeten wir uns ein wenig an.«

Die Polizistin bat das Ehepaar zunächst um ihre Mobilnummern, um die beiden später eingehender zu befragen. Inzwischen hatte sich nämlich ein älterer Mann genähert, dem ebenfalls das Pappschild aufgefallen war. Nach Antjes Schätzung konnte er nicht viel jünger als Tolk sein.

»Ist Fiete etwas zugestoßen?«

Während er diesen Satz hervorbrachte, legte er seine Stirn in tiefe Sorgenfalten. Er sprach mit einem leichten niederländischen Akzent. Antje stellte erneut ihren Kollegen und sich selbst vor. Dann antwortete sie: »Leider muss ich Ihnen mitteilen, dass Fiete Tolk umgebracht wurde. Wir untersuchen, wie es zu der Tat kommen konnte. Waren Sie mit ihm verabredet?«

»Ja, Fiete hat mich angerufen. Er war … wie sagt man … ein Geschäftspartner. Ich sollte heute zu ihm kommen. Er sagte, ich hätte noch etwas von ihm zu kriegen.«

»Was könnte das sein?«, fragte Roland. Der Alte hob die Schultern: »Vielleicht ein paar seltene Geldstücke? Ich heiße Marius Haan und besitze eine Münzhandlung in Groningen. Fiete hat mir gelegentlich alte Gulden verkauft. Er hat auch Haushaltsauflösungen gemacht, bei denen es oft Zufallsfunde gab.«

Antje nickte. Im deutsch-niederländischen Grenzgebiet gab es gewiss noch manche vergessene »Notreserve« aus längst vergangenen Zeiten, als die beiden Staaten noch unterschiedliche Währungen hatten. Ob Haans Angaben stimmten? Er schien jedenfalls von Tolks Tod betroffener zu sein als das Ehepaar Schulte. Aber vielleicht konnten Karsten und Birgit ihre Gefühle einfach nur besser unter Kontrolle halten. Auch Haan besaß ein Handy, dessen Nummer die Polizisten notierten. Nun meldete sich Schulte wieder zu Wort: »Ich will nicht pietätlos klingen, aber wie soll Fiete Tolks Zusage nun eingelöst werden? Gibt es ein Testament, aus dem hervorgeht, was mit dem Nachlass dieses Mannes geschieht?«

Die Kommissarin tat so, als ob sie an seiner Frage keinen Anstoß nehmen würde.

»Dies ist noch Gegenstand von Ermittlungen«, antwortete sie in bestem Amtsdeutsch. Und ihr Kollege ergänzte: »Wir halten Sie auf dem Laufenden. Sie werden ja jetzt gewiss ein paar Tage auf der Insel bleiben.«

Sowohl Haan als auch die Schultes hatten Quartiere auf Juist gebucht. Der Niederländer war in der *Pension Lemme* untergekommen, das Ehepaar stieg im *Hotel Belgischer Hof* ab. Die meisten neu angekommenen Urlauber hatten sich inzwischen Richtung Ortszentrum bewegt. Außerdem gab es einige, die in weiter weg liegenden Zimmern oder Häusern untergebracht waren und von ihren Gastgebern abgeholt wurden. Auf jeden Fall interessierten sich keine anderen Personen für das Schild mit dem Namen des Mordopfers darauf.

»Wir melden uns bei Ihnen, sobald wir Genaueres wissen.«

Mit diesen Worten verabschiedete Antje sich von Haan und den Schultes. Zuvor hatte sie ihnen erklärt, wie sie am einfachsten zu der Pension beziehungsweise zu dem Hotel gelangen konnten. Dabei achtete sie genau auf die Körpersprache der drei Personen. Der Niederländer und die Eheleute schienen einander nicht zu kennen. Und falls doch, konnten sie dies vor den Kommissaren sehr überzeugend geheim halten. Antje war sicher, dass alle drei etwas zu verbergen hatten. Sie konnte es nur noch nicht beweisen. Auch Roland schien dieser Meinung zu sein. Nachdem die drei außer Sichtweite waren, sagte er: »Wie gut, dass wir hier im Grenzgebiet Dienst tun. Da kann ich mir den Umweg über Interpol sparen und gleich bei den Kollegen in Groningen anrufen. Ich bin gespannt, ob sie mit dem Namen Marius Haan etwas anfangen können.«

»Ein Glück, dass die meisten Niederländer Deutsch verstehen«, sagte Antje augenzwinkernd. »Mit deinen Fremdsprachenkenntnissen ist es ja nicht weit her.«

»Um ein *Kopje Koffie* zu bestellen, reichen sie aber aus«, beteuerte der Polizist lächelnd.

»Und ich werde zu den Schultes mal eine POLAS-Abfrage starten«, kündigte Antje an. Sobald die beiden wieder auf der Wache waren, suchte Roland die Telefonnummer des Polizeipräsidiums Groningen heraus. Seine Kollegin loggte sich in die Datenbanken ein. Während der Kommissar ein längeres Gespräch führte, kam Antje schnell zu einem Ergebnis. Sie kochte einen Tee. Als die kräftige Assam-Mischung lange genug gezogen hatte, legte Roland den Telefonhörer auf – nachdem er sich herzlich bedankt hatte. Sie warf ihm einen neugierigen Blick zu: »Es sieht so aus, als ob du ein Ergebnis vorweisen kannst.«

»Und ob, Antje! Dieser freundlich wirkende ältere Herr ist kein unbeschriebenes Blatt. Er gilt bei den niederländischen Kollegen als ungekrönter Hehlerkönig des Landstrichs östlich von Amsterdam. Haan ist wegen Betrugs vorbestraft, hat allerdings seit zwanzig Jahren die Füße stillgehalten – oder sich nicht mehr erwischen lassen. Die dortige Polizei vermutet eher Letzteres. Haan hat jetzt seine Fußsoldaten, die ihm die Drecksarbeit abnehmen. – Und wie steht es mit dem Ehepaar?«

»Da konnte ich zumindest einen Treffer erzielen. Karsten Schulte musste als junger Mann eine Haftstrafe wegen schwerer Körperverletzung absitzen. Später geriet er in den Verdacht des Kreditwuchers, was ihm aber nicht nachgewiesen werden konnte. Birgit Schulte ist polizeilich noch nicht in Erscheinung getreten.«

Roland stieß langsam die Luft aus den Lungen.

»Tolk hat also nicht unbedingt Chorknaben zu sich eingeladen«, stellte er fest.

Kapitel 7

Einen Moment lang herrschte Stille in der Polizeistation. Sie wurde nur vom Hufgeräusch eines Pferdefuhrwerks unterbrochen, das draußen auf der Carl-Stegmann-Straße vorbeifuhr.

»Es ist möglich, dass noch weitere Personen hier auftauchen«, murmelte Antje. »Wir wissen nicht, um welche Uhrzeit das Treffen dieser seltsamen Gruppe stattfinden sollte. Also wäre es gut, auch die Nachmittagsfähre abzuwarten. Außerdem kann man Juist bekanntlich auch per Inselflieger erreichen.«

»Sollten wir überhaupt von einer Vereinigung sprechen?«, dachte Roland laut nach. Er redete weiter: »Offenbar gab es eine Verbindung zwischen Tolk und diesen Menschen. Die Schultes und Haan schienen sich untereinander jedenfalls nicht gekannt zu haben, so kam es mir jedenfalls vor. – Der Mord muss logischerweise von einem Täter begangen worden sein, der sich bereits auf der Insel befindet. Gleiches gilt für die Person, die aus dem ersten Stockwerk gesprungen ist. Wir sollten zunächst versuchen, diese beiden Menschen aufzutreiben – falls es nicht sowieso ein und derselbe ist.«

Antje bremste ihn: »Ich gebe dir recht, aber sei nicht so eilig. Als Mordmotiv sehe ich den Wunsch, die Mappe oder deren Inhalt in die Finger zu kriegen. Fiete könnte aus Frustration getötet worden sein, weil sein wertvoller Besitz für den Täter unerreichbar auf der Wache lag.«

Roland stimmte zu: »Zumindest *wollte* Tolk diesen Eindruck erwecken. Mir fällt aber noch eine andere Variante ein: Der Mörder durchschaute das Täuschungsmanöver, schnappte sich seine Beute und brachte Tolk für immer zum Schweigen, damit sein Opfer ihm nicht die Polizei auf den Hals hetzen konnte.«

»Es spricht jedenfalls einiges dafür, dass Fiete Tolk in zwielichtige Machenschaften verwickelt war«, stellte Antje seufzend fest. Sie fügte hinzu: »Falls der Mörder Beute machen konnte, wird er nicht mehr auf der Insel sein. Fiete hat uns nicht verraten, seit wann genau er wieder auf Juist ist, oder? Lass uns zunächst mit Bodo Manning sprechen.«

»Ja, der Verwalter wird darüber Bescheid wissen«, meinte Roland. Die beiden verließen die Polizeistation und fuhren zur Gräfin-Theda-Straße hinüber, die sich unweit von der Strandpromenade befand. Bodo Manning war nicht nur Immobilienmakler, sondern übernahm auch für zahlreiche nicht auf Juist lebende Hausbesitzer die Verwaltung und Instandhaltung ihrer Objekte. Manning war ein großer Mann mit grauem Kurzhaarschnitt und wettergegerbtem Gesicht. Er blickte auf, als die Polizisten sein winziges Büro betraten: »Moin! Eigentlich sollte ich mich freuen, euch zu sehen – aber wahrscheinlich habt ihr einen Einbruch oder eine Sachbeschädigung zu vermelden.«

»Ich wünschte, es wäre so«, gab Antje zurück. »Diesmal haben wir es mit einem Kapitalverbrechen zu tun. Fiete Tolk wurde tot in seinem Haus gefunden. Wir gehen von einem Tötungsdelikt aus.«

»Das ist ja entsetzlich!«, stieß Manning hervor. »Wisst ihr schon, wer den Mord begangen hat?«

»Die Ermittlungen haben gerade erst begonnen«, erklärte die Kommissarin. »Von dir möchten wir zunächst erfahren, seit wann Fiete wieder hier war.«

Der Verwalter blätterte in seinem Kalender: »Er rief vor zwei Wochen an und erkundigte sich nach den Buchungen. Ich sagte ihm, dass der seinerzeit aktuelle Mieter vorgestern ausziehen wollte und es bisher keine weiteren Interessenten gäbe. Fiete erklärte, dass er momentan überhaupt nicht mehr vermieten wolle, weil er selbst wieder auf die Insel käme – und zwar für immer.«

Dies hat er immerhin erreicht, dachte Antje düster. Roland fragte: »Wer hat einen Schlüssel zu dem Haus?«

»Fiete wird ein Exemplar für sich selbst behalten haben, nehme ich an«, erwiderte Manning. »Ich habe selbst nur einen Schlüssel, den ich Elsa für die Endreinigung gegeben habe. Sie hat das Haus gestern am Vormittag geputzt, denn Fiete hatte angekündigt, mit der Nachmittagsfähre übersetzen zu wollen. Elsa brachte mir den Schlüssel mittags zurück.«

Die Kommissarin hakte nach: »Hast du Fiete gar nicht getroffen?«

»Nee, wir haben nur telefoniert. Es kann sein, dass er gestern hier vorbeigeschaut hat. Aber ich war vom frühen Nachmittag bis 19 Uhr unterwegs, um einige neu angekommene Urlauber zu ihren Unterkünften zu bringen und ihnen die Schlüssel zu überreichen.«

»Und was für einen Eindruck hattest du am Telefon? Machte Fiete einen bedrückten oder gehetzten Eindruck auf dich?«

Manning beantwortete Antjes Fragen nicht sofort. Er schien ernsthaft darüber nachzudenken. Nach einer Weile sagte er: »Darüber habe ich mir nicht den Kopf zerbrochen, ehrlich gesagt. Ich fand es ganz normal, dass er seinen Lebensabend auf Juist verbringen wollte. Schließlich war Fiete ein gebürtiger Insulaner, oder? Ich finde es tragisch, dass er so abrupt aus dem Leben gerissen wurde.«

Die Kommissarin erwiderte nichts, obwohl sie derselben Meinung war.

»So, wie ich Elsa kenne, ist sie heute auch wieder fleißig. Kannst du uns sagen, wo wir sie momentan finden?«

Manning schaute in seine Kladde: »Selbstverständlich, Antje. Elsa hat jetzt einiges auf dem Zettel. Sie reinigt aktuell einige Objekte im Loog.«

Das Loog war ein Ortsteil im Westen der Insel. Antje reichte dem Verwalter ihr Notizbuch, und er schrieb die genauen Adressen hinein. Die Polizistin bedankte sich bei ihm und sagte: »Falls es noch Unklarheiten gibt, wissen wir ja, wo wir dich finden.«

»Ich hoffe, dass ihr den Dreckskerl bald erwischt!«, rief der Verwalter ihnen nach. Die beiden schwangen sich wieder auf ihre Räder und brachen ortsauswärts auf. Obwohl Juist eine kleine Insel war, verfügte sie über eine abwechslungsreiche Natur. Im Loog herrschte gleich eine andere Atmosphäre als im Hauptort, zumindest kam es Antje so vor. Als gebürtiges Inselkind kannte sie natürlich jede Ecke ihrer Heimat ganz genau. Sie wusste also auch, wem die Ferienhäuser gehörten, die momentan von Elsa gereinigt wurden. Es war leicht, herauszufinden, wo die Reinigungskraft gerade ihren Feudel schwang. Elsa Sund besaß ein Hollandrad mit einem bunt beklebten Anhänger, in dem sie ihre Putzmittel und ihre Utensilien transportierte. Daher fuhren die Polizisten an dem ersten Haus auf ihrer Liste direkt vorbei. Bei der zweiten Ferienunterkunft wurden sie schon fündig. Die Kommissarin hätte Elsa natürlich auch einfach anrufen können, aber sie bevorzugte das direkte Gespräch. Antje musste einen Menschen vor sich haben, um ihn und seine Aussagen richtig einschätzen zu können. Die Ermittler waren von ihren Zweirädern gestiegen und näherten sich dem Ferienhaus. Die Tür stand halb offen. Ihnen schlug der scharfe Geruch nach einem starken Reinigungsmittel entgegen.

»Moin, hier ist die Polizei!«, rief Antje, während sie eintrat und gleichzeitig auf das Türholz klopfte. Elsa Sund war eine kräftige Frau in mittleren Jahren mit Kurzhaarfrisur. Ihre Wangen waren von der Arbeit gerötet, als sie mit dem Mopp in den Händen den Beamten entgegentrat: »Moin, Antje und

Roland! Was führt euch hierher? Hat der Gast sein Portemonnaie vergessen?«

»So harmlos ist der Anlass leider nicht. – Du kennst doch Fiete Tolk?«

»Ja, sicher. Ich hab gestern noch sein Haus geputzt, weil er da wieder einziehen wollte.«

»Fiete wurde dort getötet, Elsa. Roland und ich suchen nach dem Täter.«

Die Reinigungskraft erschrak sichtlich: »Das finde ich ganz schlimm! Habt ihr schon eine Spur?«

»Momentan sammeln wir Hinweise. Deshalb möchte ich von dir wissen, ob dir während des Putzens dort etwas oder jemand seltsam vorgekommen ist.«

»Sprichst du von den vorherigen Gästen? Nee, die waren schon fort, als ich erschienen bin. Sie hatten einen ziemlichen Saustall hinterlassen, aber das bin ich leider gewöhnt. Zum Glück gibt es andererseits genügend Urlauber, die ihr Quartier in Schuss halten.«

»Davon spreche ich nicht«, stellte die Polizistin klar. »Mir geht es um Personen, die dir verdächtig vorgekommen sind.«

»Wenn ich arbeite, vergesse ich die Welt um mich herum, Antje. Aber jetzt, wo du mich danach fragst, fällt mir wieder etwas ein. Ich putzte gerade die Fenster im Wohnzimmer, als ich einen Kerl sah, der mich von der gegenüberliegenden Straßenseite aus die ganze Zeit über anglotzte. Ich rief ihm zu, ob er jemanden suchen würde. Daraufhin fuhr er davon, ohne ein Wort zu sagen.«

»Kannst du den Mann genauer beschreiben?«, bat die Kommissarin.

»Er war ungefähr so groß wie Roland und genauso schlank. Er trug Jeans und einen dunklen *Hoodie*. Von dem Gesicht konnte ich kaum etwas sehen, weil er die Kapuze so tief ins Gesicht gezogen hatte. Außerdem habe ich ihn garantiert nicht so lange angestarrt wie er mich. – Ist das der Voyeur, von dem die Insel seit Wochen spricht?«

Die Polizisten hatten wenige Nächte zuvor einen Spanner erwischt, der eine Frau beim Ausziehen beobachtet hatte. Es war eine Strafanzeige angefertigt worden, und er bekam einen Platzverweis. Am nächsten Morgen hatte der Täter – ein Urlauber – Juist vorzeitig verlassen. Er konnte natürlich zurückgekehrt sein, das würde sich leicht überprüfen lassen. Roland war noch etwas eingefallen: »Du sagst, er wäre gefahren. Was für ein Rad hatte er denn?«

»Ein Rennrad mit violettem Rahmen, solche Modelle sieht man nicht oft«, lautete die Antwort. *Nach einem solchen Gefährt wird sich leicht fahnden lassen,* dachte Antje. Es war ein gutes Gefühl, konkreten Hinweisen nachgehen zu können.

»Wann hast du diesen Mann bemerkt?«, fragte der Kommissar.

»Die vorherigen Gäste mussten das Haus bis zehn Uhr geräumt haben, Roland. Ich sollte gegen zwölf Uhr dort putzen, damit Fiete am späten Nachmittag dort einziehen konnte. Der Spanner fiel mir gegen ein Uhr mittags auf.«

Um diese Zeit hat die Nachmittagsfähre in Norddeich noch nicht einmal abgelegt, rechnete die Kommissarin in Gedanken nach. Wenn die Person es auf Tolk abgesehen hatte, musste sie von dessen geplanter Reise nach Juist schon vorher gewusst haben. Oder war alles ganz anders? Handelte es sich um einen Einbruch, der aus dem Ruder gelaufen war, weil der Alte den Täter überraschte? Nein, denn «Hinweise auf gewaltsames Eindringen hatten die Polizisten nicht gefunden. Oder lag dies daran, dass der Verbrecher einen höchst wirksamen Nachschlüssel besaß? Antje glaubte nicht an Zufälle. Der von Tolk in Aussicht gestellte »Zahltag« für so unterschiedliche Personen wie seine Noch-Ehefrau, die Schultes und Marius Haan musste mit der Ermordung des Alten zusammenhängen, daran hatte die Ermittlerin keinen Zweifel.

»Ruf uns bitte sofort an, wenn du den Mann irgendwo auf der Insel noch einmal siehst.«

Mit diesen Worten verabschiedete Antje sich von Elsa Sund.

»Die Beschreibung passt nicht auf unseren ertappten Lustmolch«, meinte Roland, nachdem sie das Haus wieder verlassen hatten. »Sörensen ist eher ein abgebrochener Riese, der reicht mir höchstens bis zum Kinn. Und er fuhr ein altes klappriges schwarzes Leihrad.«

»Ich halte Sörensen in diesem Fall auch für unschuldig«, meinte sie und ergänzte: »Elsa hielt diesen Mann vor dem Gebäude für einen Spanner. In Wirklichkeit wird er sich nicht für sie, sondern für das Haus als solches interessiert haben. Zum Beispiel, wie er dort eindringen kann, ohne Spuren zu hinterlassen.«

»Ist es nicht ein großes Risiko für einen Einbrecher, ein so auffälliges Rad zu benutzen?«, dachte der Kommissar laut nach.

»Nicht, wenn er nur für diese eine Straftat nach Juist gekommen ist, Roland. Er schlägt zu, verschwindet mit der nächsten Fähre oder dem Inselflieger. Das Rad lässt er einfach zurück.«

»Wir wissen nicht, wie lange der Verdächtige das Haus schon beobachtet hat«, stellte der Kommissar fest. »Vielleicht ist sein Fahrrad noch anderen Zeugen aufgefallen. Lass uns doch mal in der Nachbarschaft an der Billstraße herumfragen – aber vorher brauche ich etwas Essbares zwischen die Kauleisten, sonst falle ich um.«

»Das können wir keinesfalls riskieren«, gab Antje schmunzelnd zurück. Die beiden machten einen Zwischenstopp bei *Frankies Grill* an der Strandstraße, wo sie meist ihre Mittagspause verbrachten. Die Kommissarin bestellte eine Currywurst, ihr Kollege entschied sich für den Backfisch mit Pommes frites. Während sie auf ihr Essen warteten, tranken sie Cola.

»Ich hätte es nie für möglich gehalten, dass Fiete so ein falscher Fuffziger gewesen ist«, sinnierte Antje. »Natürlich muss man immer beide Seiten einer Medaille betrachten. Aber sowohl sein Umgang mit Frauen als auch seine Geschäftspraktiken werfen ein seltsames Licht auf ihn.«

»Du bist enttäuscht, weil Tjark mit so einem Menschen befreundet war«, vermutete ihr Freund. Er ergänzte: »So, wie ich deinen Vater kenne, würde er sich nie auf zwielichtige Machenschaften eingelassen haben. Tolk wird ihm gegenüber den Biedermann gespielt haben.«

Sie nickte: »Ja, da bin ich ganz deiner Meinung. Und ich fürchte, dass Fiete auch Papa nur ausgenutzt hat.«

»Dafür gibt es noch keinen Beweis, mach dich nicht verrückt«, riet ihr Freund. Wenig später war das Essen fertig, und die leckeren Gerichte brachten die beiden auf andere Gedanken. Nachdem sie gezahlt hatten, machten sie sich frisch gestärkt auf den Weg zum Loog. In dem Ortsteil gab es natürlich auch Urlauberquartiere, aber die meisten Häuser wurden von Einheimischen bewohnt. Antje kannte die meisten Insulaner mit Namen. Dies galt auch für Tialda Boom, die ein Stück weit von Tolks Haus entfernt wohnte. Als die Polizisten zu ihr kamen, kniete sie im Garten und jätete Unkraut.

»Moin, was war denn gestern bei Fiete los?«, fragte sie neugierig.

»Hast du etwas beobachtet?«, lautete Antjes Gegenfrage.

»Hältst du mich etwa für eine Tratschtante, die ihre Nachbarn auskundschaftet?«, wollte Tialda mit einem Unterton der Entrüstung wissen. Die Kommissarin unterdrückte ein breites Grinsen, während sie beteuerte: »Das würde ich mir doch niemals erlauben. Aber leider muss ich dir mitteilen, dass Fiete getötet wurde. Wir suchen nach Hinweisen auf den Täter, wobei wir auf die Mithilfe der Bevölkerung angewiesen sind.«

Tialdas Gesicht zeigte eine Mischung aus Schock und Verblüffung, bevor sie die Sprache wiederfand: »Ich dachte mir schon, dass ein Verbrechen passiert sein muss. Das Polizeisiegel an der Tür kann man wohl kaum übersehen.«

Vor allem, wenn man es aus der Nähe unter die Lupe nimmt, dachte die Kommissarin. Bevor sie nachhaken konnte, stellte nun die Nachbarin ihrerseits eine Frage: »Ich will ja niemanden beschuldigen, aber könnte Bodo Manning etwas damit zu tun haben?«

»Wie kommen Sie darauf?«, wollte Roland wissen, der Tialda siezte. Im Gegensatz zu seiner Kollegin lebte der Kommissar erst seit einigen Jahren auf Juist. Da die Zeugin ungefähr zwanzig Jahre älter war als er, wäre Roland nicht auf die Idee gekommen, ihr von sich aus das du anzubieten. Er war zwar ein lockerer Typ, respektierte aber ältere Menschen grundsätzlich. Tialda antwortete: »Vor ungefähr einer Woche bin ich mit Hasso spätabends noch Gassi gegangen. Da fiel mir auf, dass die Küche in Fietes Haus hell beleuchtet war. Ich konnte ihn und den Makler sehen, wie sie wild gestikulierend miteinander redeten. Es schien einen heftigen Streit zwischen ihnen gegeben zu haben.«

Kapitel 8

Also hatte Manning eindeutig gelogen – zumindest gab es einen Widerspruch zwischen seinen Angaben und der Aussage von Tialda Boom. Wobei Antje bei der Nachbarin keinen Grund dafür erkennen konnte, der Polizei die Unwahrheit aufzutischen. Die Kommissarin sagte: »Könntest du später zur Wache kommen, damit wir deine Beobachtung schriftlich protokollieren? Aber ruf besser vorher an, weil wir die meiste Zeit über unterwegs sind.«

Tialda Boom schien zu spüren, dass sie zu der Ermittlung etwas Wichtiges hatte beitragen können. Sie straffte sich und betonte: »Selbstverständlich, das mache ich gern.«

Die Polizisten bedankten sich und setzten ihre Befragungen in der Nähe fort. Sie fanden keine weiteren Zeugen, die bei Tolks Haus etwas Auffälliges gesehen hatten. Das war allerdings nicht so schlimm, denn sie hatten nun einen brauchbaren Ermittlungsansatz – und einen neuen Verdächtigen. Die Rückfahrt zum Ortskern legten sie schweigend zurück. Bevor sie das Maklerbüro erneut betraten, fragte Roland: »Willst du das Verhör größtenteils führen? Du kennst den Kerl besser als ich.«

»Ja, das kann ich gern machen. Wenn ich einen Gesichtspunkt übersehe, darfst du mir selbstverständlich dazwischenfunken. – Auf jeden Fall nehmen wir ihn mit auf die Dienststelle. Er soll kapieren, dass wir uns nicht auf der Nase herumtanzen lassen.«

»Das ist ganz in meinem Sinn«, versicherte der Kommissar lächelnd. Als die Polizisten das Büro betraten, hatte Manning sich bereits hinter seinem Schreibtisch erhoben: »Habt ihr noch etwas vergessen? Glück gehabt, ich wollte gerade zu einem meiner Objekte aufbrechen.«

»Das wird warten müssen«, stellte Antje klar und warf ihm einen harten Blick zu. »Du begleitest uns jetzt zur Wache. – Roland wird dich durchsuchen. Hast du Gegenstände in den Taschen, an denen er sich verletzen könnte?«

Angesichts ihrer klaren Ansage fiel der Verdächtige aus allen Wolken: »Was soll das, Antje? Wir kennen uns schon seit einer halben Ewigkeit. Wieso behandelst du mich plötzlich wie einen Schwerverbrecher?«

»Weil du uns angelogen hast – und das ist keine gute Idee, besonders bei einer Mordermittlung! Also, kann mein Kollege dir unbesorgt in die Taschen greifen?«

Manning nickte, er machte nun einen ziemlich verdatterten Eindruck. Die Kommissarin hatte solche Reaktionen schon öfter erlebt. Wenn eine Person erstmals mit dem Gesetz in Konflikt kam, konnte sie es meist nicht glauben, dass ihr jemand auf die Schliche kam. Berufsverbrecher waren da anders gestrickt. Sie rechneten jederzeit mit Gegenaktionen der Polizei, worauf sie sich schon gefasst gemacht hatten. Der Makler leistete keinen Widerstand, als Roland ihn abtastete. Der Kommissar fand bei ihm weder ein Messer noch andere Dinge, die man als Waffe einsetzen konnte. Von der Gräfin-Theda-Straße bis zur Polizeistation war es nicht weit, und die drei legten den Weg schweigend zurück. Nachdem Manning auf Antjes Besucherstuhl Platz nehmen durfte, sagte sie: »Wir haben schon genug Zeit verschwendet. Du bist des Mordes an Fiete Tolk verdächtig. Du musst dich nicht selbst belasten, kannst die Aussage verweigern und einen Rechtsbeistand verlangen.«

Er riss die Augen auf: »Ihr glaubt, ich hätte Fiete getötet? Das ist verrückt – warum sollte ich so etwas tun?«

»Sag du es uns«, forderte die Polizistin kalt. »Du hast mir frech ins Gesicht gelogen, als du behauptet hast, in letzter Zeit mit Fiete nur telefoniert zu haben. – Man hat dich im persönlichen Kontakt mit ihm gesehen, und zwar streitend.«

Roland ergänzte: »Und dies geschah schon vor einer Woche, nicht wahr? Da fragen wir uns natürlich, warum du den Eindruck erwecken wolltest, dass Fiete Tolk erst gestern auf der Insel angekommen ist.«

Manning wand sich wie ein Aal: »Ich wollte nicht, dass Fiete stirbt – das müsst ihr mir glauben.«

»Hast du ihn getötet?«

»Nein, Antje! So etwas traust du mir zu?«

Die Kommissarin hielt dem Blick des Verdächtigen stand und erwiderte: »Wir werden gleich deine Fingerabdrücke nehmen. Dann können unsere Kollegen im kriminaltechnischen Labor sie mit den Spuren auf der Mordwaffe vergleichen. Und es wäre hilfreich, wenn du ab sofort die Wahrheit sagen würdest. Angenommen, du bist unschuldig – in dem Fall läuft der Täter dort draußen immer noch frei herum.«

Die Kommissarin hätte zu gern gewusst, was in diesem Moment in dem Makler vor sich ging. Vermutlich wog er seine Chancen und Risiken gegeneinander ab.

»Du kannst deinen Anwalt kontaktieren«, stellte Roland klar. »Allerdings müssen wir dich in Haft nehmen, bis du mit ihm gesprochen hast.«

Manning schüttelte heftig den Kopf: »Nein, ich … ich will ja reden! – Es muss jetzt zehn Tage her sein, als abends plötzlich Tolk in meinem Büro erschien. Im Nachhinein glaube ich, dass er die Dunkelheit abgewartet hat, damit er von möglichst wenigen Leuten bemerkt wird.«

»Wie ist er nach Juist gelangt?«, warf Roland ein.

»Mit dem Inselflieger – jedenfalls beklagte er sich darüber, dass sich in diesen kleinen Maschinen stets sein Magen umdrehen würde. Ich begrüßte ihn freundlich, aber er verlangte sofort von mir, die aktuellen Gäste in seinem Haus an die Luft zu setzen – weil er nämlich selbst dort einziehen wollte.«

»Wie hast du reagiert?«, fragte Antje. Manning seufzte und verschränkte die Finger seiner Hände ineinander: »Ich fragte, wie er sich das vorstellte. In dem Ferienhaus lebte zwar nur eine Person, aber ich musste ja einen plausiblen Vorwand finden. Tolk lachte mich aus. Er legte die Kopie eines Gutachtens auf meinen Schreibtisch. Dann wollte er von mir wissen, ob er damit zur Polizei gehen sollte.«

Das Interesse der Kommissarin war geweckt: »Was ist das für ein Papier?«

»Es ging um die Wertermittlung einer Immobilie«, murmelte Manning. »Ich habe damals den Gutachter geschmiert, damit er über einige Mängel hinwegsieht und ich den Preis höher ansetzen konnte. Außer dem eigentlichen Dokument hielt der Alte mir noch die eidesstattliche Versicherung des Gutachters unter die Nase. Darin stand, dass ich ihn gegen Geld zu einer falschen Einschätzung verleitet hätte.«

»Also eine ganz klassische Erpressung«, stellte Roland fest. »Und als Gegenleistung verlangte Tolk lediglich, dass er sofort in sein Haus einziehen konnte?«

Der Verdächtige lachte, als ob der Polizist einen Scherz gemacht hätte. Dann antwortete er: »Das wäre schön gewesen! Aber Tolk ließ schnell die Katze aus dem Sack. Er sprach von einem *Zahltag*, den er demnächst auf der Insel abhalten wollte. Ich wäre nicht der Einzige, den er unter Druck setzen wollte. Er hätte Beweise, mit denen er einigen Personen ihr Leben zerstören könnte. Sie alle sollten auf Juist erscheinen und sich freikaufen – auf die eine oder andere Weise.«

Wie der letzte Halbsatz wohl gemeint gewesen war? Darüber konnte Antje sich später den Kopf zerbrechen. *Manning ist nicht der Einzige, der gelogen hat,* dachte sie grimmig. Fiete Tolk hatte also kein Geld *verteilen*, sondern *kassieren* wollen – wodurch er jedem, der seiner

»Einladung« gefolgt war, ein überzeugendes Mordmotiv lieferte. Während ihr diese Überlegungen durch den Kopf gingen, fuhr der Makler fort: »Tolk schien damit zu rechnen, dass ihm jemand ans Leder wollte. Er warnte mich nämlich: ›Wenn mir etwas zustößt, dann landen die Unterlagen sofort bei den Bullen!‹ Ich hätte ihm niemals etwas antun können, ich bin doch kein Mörder. Aber mir fiel auf, dass er dieses ganze Material in einer Mappe aufbewahrte.«

Der Kommissar stand auf, ging zum Safe hinüber und holte den Gegenstand heraus: »Meinst du diese hier?«

Manning presste die Lippen aufeinander, dann nickte er: »Ja, das ist sie! Dann wisst ihr jetzt also schon über alles Bescheid.«

Antje würde ihm gewiss nicht auf die Nase binden, dass die Mappe leer gewesen war. Und Roland hatte wahrscheinlich ebenfalls nicht vor, sich zu verplappern. Er forderte: »Wie ging es weiter, nachdem Tolk dir die Pistole auf die Brust gesetzt hatte?«

Der Verdächtige erwiderte: »Ich musste spuren, er hatte mich in der Hand. Also bat ich den Alten, kurz in meinem Büro zu warten. Ich fuhr zum Ferienhaus hinüber, der Gast war zum Glück gerade anwesend. Ich drückte ihm 500 Euro in die Hand und stellte ihm einen Auftrag in Aussicht, wenn er mir folgen und sich kurzfristig bei mir daheim einquartieren würde.«

Antje horchte auf: »Und damit war der Urlauber einverstanden? Ich wäre stinksauer, wenn ich in den Ferien plötzlich Knall auf Fall meine Unterkunft verlassen müsste – und dann auch noch ohne einen plausiblen Grund.«

»Tolk wollte mir beweisen, dass ich nach seiner Pfeife tanzen musste. Was er nicht wissen konnte: Dieser Gast hatte es selbst faustdick hinter den Ohren. Als Lohse das Ferienhaus bezog, haben wir am ersten Abend ein paar Biere zusammen gezischt. Mir wurde schnell bewusst, dass ich einen Ganoven vor mir habe, der ein paar schnell verdiente Euros zu schätzen weiß.«

Allmählich begann Antje die Zusammenhänge zu begreifen. Trotzdem durfte sie Manning keine Worte in den Mund legen. Also fragte sie: »Wofür war der halbe Tausender gedacht?«

»Zum Teil als Entschädigung für den plötzlichen Umzug. Vor allem sollte Lohse aber im Haus nach der Mappe suchen, sobald Tolk sich dort einquartiert hat – ich habe Lohse aber nicht dazu aufgefordert, Tolk zu töten!«

»Für eine solche Auftragstat wären 500 Euro ein äußerst bescheidenes Honorar«, stellte Roland trocken fest. Dann hakte er nach: »Du hast also auch gegenüber Elsa Sund so getan, als ob der Gast regulär abgereist wäre?«

»Ja, und ich bat Tolk, sich in meinem Büro zu verstecken, während die Reinigungskraft in dem Ferienhaus Klarschiff machte. Ihr wisst doch auch, wie neugierig die Putzfrau ist. Wenn sie mitgekriegt hätte, dass der Gast vorzeitig verschwinden musste, hätte sie nur lästige Fragen gestellt.«

»Hat sie diesen Lohse – oder wie der heißt – denn zuvor zu sehen bekommen?«

»Nee, Antje. Ich heuere die Reinigungskraft ja immer nur für die Endreinigung an.«

»Trotzdem ist er ihr aufgefallen«, behauptete die Kommissarin, »und zwar, als er das Haus im Auge behalten hat. Dieses tolle Rennrad – stammt das von dir?«

Manning verdrehte die Augen.

»Ich habe diesem Trottel eingetrichtert, dass er unauffällig bleiben soll«, stieß er hervor. »Wahrscheinlich wollte er nachschauen, ob Elsa schon mit dem Putzen fertig ist. Dabei hätte er nur checken müssen, ob ihr Fahrrad mit dem Anhänger noch vor dem Haus steht.«

»Apropos: Dieses auffällige Rennrad mit dem violetten Rahmen gehört also dir?«

»Ja, Antje. Ich habe es auf dem Festland bestellt, es wurde einen Tag vor Tolks Erscheinen geliefert. Ich habe es Lohse geliehen, weil er kein eigenes hatte. Momentan benutze ich noch mein altes Rad.«

»Dein Helfer hat aber versagt, denn die Mappe befindet sich ja hier«, unterstrich Roland. »Wollte er Tolk unter Druck setzen, damit er ihm das Material übergibt? Kam es dabei vielleicht zu einem handfesten Streit?«

»Das weiß ich nicht«, beteuerte Manning. »Ich habe Lohse jedenfalls nicht aufgetragen, den Alten körperlich anzugehen!«

Und wenn er es trotzdem getan hat?, dachte Antje. Sie wollte diesen Komplizen ohnehin so bald wie möglich verhaften, um sich dessen Version der Geschichte anzuhören. Doch zuvor musste noch ein weiterer Punkt geklärt werden: »Du wurdest beobachtet, wie du dich schon vor einer Woche mit Tolk in seinem Haus gestritten hast. Worum ging es bei eurem Wortgefecht?«

»Um die Höhe des Schweigegeldes«, lautete die Antwort. »Dieser alte Erpresser hatte ziemlich fantasievolle Vorstellungen davon, wie viel ich verdiene. Er wollte nicht begreifen, dass ich zu solchen Mitteln wie dem falschen Gutachten greifen musste, um überhaupt auf dem Juister Immobilienmarkt bestehen zu können. Die Preise gehen zwar kräftig in die Höhe, aber ich habe auch hohe Kosten. Und ihr wisst selbst, dass die Anzahl der Baugrundstücke auf der Insel begrenzt ist.«

»Also wolltest du Tolk herunterhandeln?«

»Darauf hat er sich nicht eingelassen, Antje. Immerhin erklärte er sich dazu bereit, nach der ersten Zahlung mit der nächsten Rate noch etwas zu warten.«

»Wie viel hat er dir denn schon abgeknöpft?«, wollte der Kommissar wissen.

»Fünftausend. Die nächste Zahlung hätte in einem Monat erfolgen sollen«, erwiderte der Makler. Nach Antjes Meinung war es nicht besonders clever, diesen Lohse mit dem Diebstahl des Belastungsmaterials zu beauftragen. Wenn dieses Vorhaben erfolgreich gewesen wäre, hätte Lohse anstelle von Tolk die brisanten Informationen in Händen gehabt. Diese Konsequenz war Manning offenbar nicht bewusst gewesen. Doch das plötzliche Erscheinen des Alten und dessen unverblümte Forderungen hatten ihn vermutlich auf dem falschen Fuß erwischt. Da musste es Manning wie ein Geschenk des Himmels vorgekommen sein, einen vermeintlich zuverlässigen Komplizen in Gestalt von Lohse zu finden.

»Hält sich dein Helfer immer noch in deinem Haus auf?«, fragte die Polizistin direkt.

»Ja. Er sollte die Füße stillhalten, nachdem Tolk … nachdem er ums Leben gekommen war. Lohse hat mitbekommen, dass der Alte getötet wurde. Aber er ist es nicht gewesen.«

»Woher weißt du das?«

»Weil er es mir gesagt hat, Antje.«

Sie wusste nicht, ob sie angesichts dieser naiven Aussage lachen oder weinen sollte. Andererseits – war es wirklich so unwahrscheinlich, dass sich der Mord im Erdgeschoss ereignet hatte, während Lohse im ersten Stockwerk nach dem Belastungsmaterial suchte? War der Ganove vielleicht sogar ein Ohrenzeuge, wenn er das Verbrechen schon nicht mit eigenen Augen gesehen hatte?

»Hat Tolk dir verraten, was er gegen andere Personen in der Hand hat?«, fragte Roland. Manning schüttelte den Kopf. *Das wäre zu schön gewesen, um wahr zu sein,* dachte Antje. Sie sagte: »Du darfst dich jetzt nach dieser anstrengenden Befragung erst einmal in unserer Arrestzelle ausruhen. Wir nehmen uns als Nächstes Lohse zur Brust.«

Der Makler machte einen zerknirschten Eindruck, als sich wenig später die Stahltür hinter ihm schloss. Die Polizisten fuhren zur Dünenstraße, wo sich Mannings Privathaus befand.

»Er lebt in Scheidung, seine Frau Sophie ist schon vor Monaten mit den Kindern aufs Festland abgedampft«, erklärte Antje unterwegs. »Im Haus ist also genug Platz für Lohse.«

»Wie praktisch, dass der aktuelle Gast in Tolks Ferienhaus eine zwielichtige Gestalt war«, meinte Roland. »Bei neunundneunzig Prozent unserer Urlauber dürfte es sich um gesetzestreue Bürger handeln.«

»Manning wäre jedenfalls besser beraten gewesen, wenn er diesen Kerl gar nicht erst angeheuert hätte«, sagte die Kommissarin. »Falls Lohse wirklich Fietes Mörder ist, müssen wir mit Widerstand rechnen. Am besten wäre es, ihn zu überrumpeln. – Ich habe eine Idee!«

Antje hatte einen spontanen Einfall, als sie an einem Garten vorbeifuhren, in dem Wäsche auf der Leine hing. Sie stoppte ihr Rad, sprang über den Zaun und schnappte sich ein rotes Kapuzenshirt. Es war zwar schon größtenteils trocken, aber für sie etwas zu groß. Doch die Polizistin wollte damit ja auch keine Misswahl gewinnen. Sie nahm ihre Mütze ab und zog das Kleidungsstück über ihre Uniformbluse. Jetzt hatte sie zwar immer noch ihre Uniformhose an – doch die würde dem Verdächtigen hoffentlich erst auffallen, nachdem er die Tür geöffnet hatte. Und dann war es ohnehin zu spät.

»Dann postiere ich mich am besten an der Hausecke«, meinte Roland, nachdem sie ihm ihren improvisierten Plan verraten hatte.

»Ja, so machen wir es«, erwiderte Antje. Ihre Anspannung stieg, während sie und ihr Kollege ihre Räder ein Stück weit vom Haus entfernt zurückließen. Roland schlug einen Bogen, um unbemerkt seine Position einzunehmen. Als er sich dort auf die Lauer gelegt hatte, klingelte die Polizistin Sturm.

»Pizzaservice!«, rief sie gellend.

»Ich hab nichts bestellt«, sagte eine tiefe Männerstimme aus dem Inneren des Hauses.

»Sind Sie nicht Herr Manning?«

»Nee, der bin ich nicht. Und nun hau endlich ab!«

»Hier wohnt aber Manning! Und ich muss meine Lieferung loswerden!«

Antje verstärkte ihre Worte, indem sie noch einmal schellte. Nun waren schnelle Schritte zu hören. Offenbar war es ihr gelungen, den Kerl wütend zu machen. Er riss die Tür auf. Vor der Kommissarin stand ein Mann in Jeans und dunklem Kapuzenpullover.

»Moin, Herr Lohse. Eine Pizza habe ich leider nicht für Sie, aber einen Tee können Sie auf der Polizeiwache gewiss bekommen.«

Sie unterstrich ihren Satz, indem sie ihre Pistole auf ihn richtete. Der Verdächtige war völlig perplex. Nun erschien Roland auf der Bildfläche. Er fragte: »Haben Sie Gegenstände in den Taschen, an denen ich mich verletzen könnte? Ich werde Sie jetzt durchsuchen.«

»Ich hab nichts bei mir«, murmelte Lohse. Und tatsächlich waren seine Hosentaschen leer, wenn man von einem benutzten Papiertaschentuch absah.

»Wenn Sie nicht den wilden Mann spielen, können wir auf Handschellen verzichten«, kündigte der Kommissar an. Lohse nickte nur. Die Polizisten nahmen ihn in die Mitte und führten den Verdächtigen zur Wache. Auf dem Weg dorthin sagte er kein einziges Wort. Antje legte einen kurzen Zwischenstopp ein, um das »geliehene« Kleidungsstück wieder auf die Leine zurückzuhängen. In diesem Moment kam die Besitzerin des roten Kapuzenshirts aus dem Haus: »Moin, Antje! Habt ihr das Oberteil schon sicherstellen können? Ich wollte gerade eine Anzeige wegen Diebstahls erstatten.«

»Ich hab die Täterin schon überführt – nämlich mich selbst, Lina«, gab die Kommissarin lächelnd zurück. Dann fuhr sie ernsthaft fort: »Genau genommen war es eine Beschlagnahmung, um eine Festnahme durchführen zu können. Ich hatte einfach keine Zeit für Erklärungen.«

»Dann ist ja alles in Ordnung«, erwiderte Lina und warf Lohse einen neugierigen Blick zu. *Vermutlich wird innerhalb einer Stunde ganz Juist wissen, dass wir jemanden verhaftet haben,* dachte Antje.

Kapitel 9

Es zeigte sich schnell, dass Ulf Lohse kein unbeschriebenes Blatt war. Bevor Antje mit dem Verhör begann, ließ sie den Namen durch die polizeilichen Datenbanken laufen. Sie druckte seine elektronische Strafakte aus. In der Zwischenzeit hatte Roland Tee gekocht. Auch der Verdächtige bekam einen Becher mit der starken Assam-Mischung. Der Kommissar belehrte Lohse über seine Rechte, während er ihn mit Tee versorgte. Außerdem nannte er dem Verdächtigen Antjes sowie seinen eigenen Namen.

»Ich brauche keinen Anwalt, ich habe nichts gemacht«, behauptete der Ganove. Antje schüttelte den Kopf: »Sie können natürlich auf einen Rechtsbeistand verzichten. Polizeiliche Befragungen dürften für Sie kein Neuland sein, Herr Lohse. Sie sind bereits mehrfach zu Geld- und Gefängnisstrafen verurteilt worden, unter anderem wegen schweren Raubes und Einbruchdiebstahl.«

Lohse zuckte mit den Schultern: »Was wollen Sie von mir? Das ist meine Vergangenheit, ich drehe keine krummen Dinger mehr. Auf Juist bin ich gelandet, weil ich mich ein paar Wochen lang erholen wollte.«

»Was machen Sie eigentlich beruflich?«, fragte Roland.

»Ich bin momentan arbeitssuchend.«

Der Kommissar erwiderte: »Dann müssen Sie ja ein echter Sparfuchs sein, wenn Sie sich einen so langen Urlaubsaufenthalt in einem nicht gerade billigen Ferienhaus leisten können. – Wissen Sie, was ich glaube? Sie haben auf dem Festland eine Straftat begangen und wollten erst einmal abtauchen, bis der Fahndungsdruck nachlässt.«

»Das können Sie nicht beweisen!«, brachte Lohse knurrend hervor. Doch der Gesichtsausdruck des Verdächtigen sprach Bände. Er wirkte wie ein ertappter Sünder, der soeben mit der Hand in der Keksdose erwischt wurde. Antje war sicher, dass ihr Kollege mit seiner Vermutung den Nagel auf den Kopf getroffen hatte.

»Wir wissen nicht, was Sie vor Ihrer Ankunft auf der Insel getan haben«, stellte sie klar. »Für uns sind die Ereignisse in dem Ferienhaus entscheidend, das Sie auf Mannings Betreiben hin verlassen mussten. Ich rede von Fiete Tolks gewaltsamem Tod sowie dem Einbruch in diesem Objekt.«

In Lohses Augen flackerte Furcht auf. Er hatte schon hinter Gittern gesessen. Die Aussicht auf eine lebenslange Haftstrafe war für ihn wahrscheinlich einschüchternder als für einen Mann, der persönlich noch keine Gefängniserfahrung gesammelt hatte. Der Verdächtige holte durch die Nase tief Luft und öffnete dann den Mund: »Ich werde Ihnen erzählen, was wirklich geschehen ist – denn ich habe den Mörder gehört!«

Mit dem letzten Halbsatz hatte Lohse die volle Aufmerksamkeit der Kommissare. Natürlich mussten sie mit der Möglichkeit rechnen, einen Bären aufgebunden zu bekommen. Aber sowohl Antje als auch Roland verfügten über genügend Berufserfahrung und Menschenkenntnis, um einen Lügner durchschauen zu können. Die Polizistin forderte den Verdächtigen durch eine Handbewegung auf, mit seiner Version zu beginnen.

»Wie gesagt, ich wollte ein paar Wochen ausspannen«, erklärte Lohse. »Ich mag Juist, es ist eine sehr ruhige Insel. Nach all der Aufregung in letzter Zeit brauchte ich nur noch die Stille. Daher fiel ich aus allen Wolken, als Manning plötzlich bei mir auf der Matte stand und mich vor die Tür setzen wollte. ›Hast du noch alle Latten am Zaun?‹ Das fragte ich ihn.«

»Sie duzen also den Verwalter des Ferienhauses?«, vergewisserte Roland sich. Der Ganove winkte ab: »Bodo Manning ist ein lockerer Typ. Ich habe mir mit ihm gleich bei meiner Ankunft ein paar kühle Blonde hinter die Binde gekippt, seitdem sind wir per du. Umso linker fand ich, was er von mir verlangte. Ganz abgesehen davon, dass ich für drei Wochen im Voraus bezahlt hatte. Bodo schien sich selbst in seiner Haut nicht so wohlzufühlen. Er beichtete mir, dass der Hausbesitzer dahinterstecken würde. Meiner Meinung nach war das reine Willkür. Dieser Tolk wollte einfach seine Macht auskosten. Glauben Sie mir, ich kenne solche Typen. Im Knast wimmelt es von ihnen. Lauter ›kleine Könige‹, die über andere bestimmen wollen.«

»Ihnen ist förmlich anzusehen, wie abscheulich Sie diesen Menschenschlag finden«, stellte Antje fest. »Wenn Sie Fiete Tolk für einen solchen Tyrannen gehalten haben, dann hört sich dies für mich nach einem erstklassigen Motiv an.«

»Schon möglich, aber ich habe den Alten nicht auf dem Gewissen. Sie sollten froh sein, dass sie einen Ohrenzeugen wie mich haben.«

»Ein Zeuge, den wir erst verhaften müssen, damit er auspackt«, spottete Roland. »Erzählen Sie schon weiter, bisher bin ich noch nicht überzeugt von Ihrer Unschuld.«

»Sie werden schon noch sehen, Herr Witte. – Bodo machte mir einen Vorschlag: Ich durfte kostenlos bei ihm wohnen. Und außerdem wollte er mir 500 Euro dafür geben, dass ich eine Mappe mit Dokumenten in dem Ferienhaus klaue. Genau genommen war das kein Einbruch, weil Bodo mir den Schlüssel gegeben hat.«

Natürlich hatte Lohse eine Straftat begangen, auch wenn er das nicht wahrhaben wollte. Aber die Kommissarin hielt es nicht für sinnvoll, darauf in diesem Moment herumzureiten. Stattdessen fragte sie: »Wie kam Manning darauf, dass er Sie für eine solche Aufgabe einspannen konnte?«

»Bei unserem Kennenlernen habe ich durchblicken lassen, dass ich kein Klosterschüler bin. Na ja, meine Tattoos sprechen außerdem für sich.«

Die sehnigen Unterarme des Kriminellen waren reich illustriert. Mehr oder weniger bedrohliche Gestalten und Gegenstände wie Messer, Bomben und Revolver sollten signalisieren, was für ein harter Bursche Lohse war. Antje begriff natürlich den Sinn dieser Tätowierungen – sie sollten unter Seinesgleichen Respekt erzeugen. Doch wenn sie eine Berufsverbrecherin wäre, hätte sie sich gewiss kein einziges Motiv stechen lassen. Unauffälligkeit war die beste Tarnung, was intelligentere Straftäter längst erkannt hatten. Doch zu dieser Kategorie zählte Lohse offenbar nicht. Er fuhr fort: »Ich tat also Bodo den Gefallen. Übrigens schien er selbst nicht zu wissen, was für Papiere ich suchen sollte. Oder er wollte mich nicht einweihen, keine Ahnung. Jedenfalls sollten sie sich in dieser Mappe befinden. Ich suchte wie ein Irrer danach, schlich mich mehrmals in das Haus, wenn der Alte nicht daheim war.«

»Wie oft genau sind Sie dort gewesen?«

»Keine Ahnung – drei oder vier Mal, Frau Fedder. Ich musste ja immer vorsichtig sein. Bodo hatte mir eingeschärft, dass Tolk auf keinen Fall bemerken durfte, dass seine Bude durchwühlt wird.«

War diese Behauptung nicht ein Widerspruch zu dem Anblick, der sich den Polizisten nach dem Leichenfund in dem Haus geboten hatte? Nicht unbedingt – falls Lohse die Wahrheit sagte und den Mord mitangehört hatte, dann konnte er sicher sein, dass Tolk tot war und somit keinen Verdacht mehr schöpfen konnte. Dies galt natürlich auch für den Fall, dass Lohse selbst den Alten umgebracht hatte.

»Und was geschah nun am 22. September?«, wollte Roland wissen.

»Das war ein ganz übler Tag. Ich weiß nicht, wo Tolk die Mappe versteckt hatte. Auf jeden Fall verließ er plötzlich das Haus mit dem verdammten Ding unter dem Arm. Und dann ging er auch noch schnurstracks hierher, zur Polizeistation!«

»Sie behielten Tolk also im Auge. Haben Sie gar nicht versucht, ihn aufzuhalten?«

Rolands Frage schien Lohse aufzuregen. Er antwortete: »Sehe ich aus wie ein elender Straßenräuber? Das ist nicht mein Stil. Außerdem gab es überall Zeugen, es war ja noch hell.«

Das wusste Antje natürlich auch noch.

»Ich rief Bodo an und berichtete ihm, dass der Alte bei den Bull … äh, bei der Polizei war«, sagte Lohse als Nächstes. »Und dann kam er ohne die Mappe wieder aus der Wache! Bodo wurde fuchsteufelswild, als ich ihn ins Bild setzte. Er verlangte von mir, dass ich trotzdem im Haus nach Dokumenten Ausschau halten sollte. Er hoffte wohl darauf, dass sich nicht alle Papiere in der Mappe befanden. Also ging ich wieder ins Haus. Aber irgendwie muss ich mich verkalkuliert haben. Ich hätte schwören können, dass Tolk fort war. Doch plötzlich hörte ich ihn im Erdgeschoss rumoren. Ich war gerade mal wieder in seinem Schlafzimmer im Obergeschoss. Plötzlich schellte es an der Tür. Tolk öffnete, er empfing jemanden.«

»Konnten Sie die Person sehen?«

»Nein, Herr Witte. Mir kam es nur darauf an, selbst nicht entdeckt zu werden. Ich befürchtete, dass Tolk Damenbesuch bekommen hätte und sich gleich mit der Frau ins Schlafzimmer zurückziehen würde. Aber das geschah nicht. Stattdessen rief der Fremde: ›Das werde ich verhindern!‹ Gleich darauf schrie der Alte, und dann polterte es. Wahrscheinlich entstand das Geräusch, als er zu Boden ging. Der Mörder haute ab, ich hörte die Bodenbretter knarren. Nach einer Weile schlich ich hinunter, um nachzusehen. Tolk war mausetot, ihm war nicht mehr zu helfen. Da ertönte draußen das Geräusch einer Fahrradbremse. Ich rannte wieder die Treppe hoch, denn ich hatte gesehen, dass die Haustür nur angelehnt war. Als ich oben angelangt war, kreischte eine Frau. Sie verschwand ebenfalls wieder. Und ich suchte weiter.«

»Sie hätten sich doch denken können, dass die Polizei bald anrücken würde«, warf Roland ein.

»Ja, das ist dumm gelaufen«, räumte der Verdächtige ein. »Da muss ich mich grob verschätzt haben. Plötzlich waren Sie jedenfalls im Haus, und dann musste ich Trottel auch noch auf eine knackende Diele treten. Als Sie sich bemerkbar machten, sprang ich aus dem Fenster. Einer von Ihnen hat mich verfolgt, aber ich konnte ihn abschütteln!«

Lohse grinste so stolz, als ob er einen Marathonlauf gewonnen hätte.

»Ihr Triumph sei Ihnen gegönnt, aber erzählen Sie uns lieber noch mehr über den Täter«, forderte Roland ärgerlich. Der Ganove zuckte mit den Schultern: »Gesehen habe ich ihn nicht, wie gesagt. Aber von der Stimme her muss es ein Kerl gewesen sein.«

Antje beugte sich vor: »War die männliche Person alt oder jung?«

»Keine Ahnung, Frau Fedder. Kein Teenager, aber auch kein Rentner. So mittel, würde ich sagen.«

Die Kommissarin ging in Gedanken die männlichen Verdächtigen – außer Lohse und Manning – durch. Es kamen nur Karsten Schulte und Marius Haan infrage, wobei der Erstere vom Alter her besser passte. Andererseits konnte der Niederländer zwar auf viele Lebensjahre zurückblicken, doch seine Stimme hörte sich Antjes Meinung nach jünger an, als er tatsächlich war.

»Sprach die Person mit Akzent?«

»Keine Ahnung, Frau Fedder! Er hat ja nur einen Satz von sich gegeben. Falls es ein Ausländer war, konnte er jedenfalls verdammt gut Deutsch!«

So wie Haan, dachte die Ermittlerin. Sie fragte: »Würden Sie sich zutrauen, die Stimme wiederzuerkennen?«

»Warum nicht? Wenn für mich eine Strafminderung dabei herausspringt ...«, sagte Lohse lässig. Roland beugte sich vor: »Darüber haben nicht wir, sondern die Staatsanwaltschaft zu entscheiden. Das wissen Sie genau. Und wenn Sie absichtlich einen Unschuldigen bezichtigen, kommen Sie in Teufels Küche!«

Der Ganove hob abwehrend die Hände: »Immer mit der Ruhe. *Sie* wollen etwas von *mir*, nicht umgekehrt. Ich bin kooperativ, aber Sie müssen mir nicht dumm kommen.«

Antje warf ihrem Kollegen einen gereizten Seitenblick zu. Sie konnte verstehen, dass Roland diesen Kriminellen nicht mochte. Aber nach Lage der Dinge war er momentan ihr einziger Zeuge, der zur Aufklärung des Mordes beitragen konnte. *Vorausgesetzt, dass er uns nicht nach Strich und Faden verschaukelt hat,* dachte sie mit einem Anflug von Skepsis.

Kapitel 10

Nachdem Bodo Manning sein Geständnis unterschrieben hatte, wurde er auf freien Fuß gesetzt. Er war nicht vorbestraft und hatte einen Job sowie einen festen Wohnsitz. Lohse hingegen musste in die freigewordene Arrestzelle einziehen. Seine Anwesenheit wurde ohnehin noch zum Abhören von Sprachproben benötigt. Außerdem bestand bei ihm wegen seiner kriminellen »Karriere« Fluchtgefahr. Da er bereits in der Vergangenheit erkennungsdienstlich behandelt worden war, befanden sich seine Fingerabdrücke in der Datenbank. Roland nahm mit dem kriminaltechnischen Labor Oldenburg Kontakt auf und bat die Kollegen, Lohses Prints mit denen auf dem Messergriff zu vergleichen.

»Falls du inzwischen in den Besitz der Dokumente gelangt bist, wäre dies ein guter Zeitpunkt, es zuzugeben«, sagte Antje zu dem Makler. Er machte aus seiner Überraschung keinen Hehl: »Liegt Fietes Mappe denn nicht hier auf der Wache? Waren nicht alle Papiere, mit denen er die Leute in die Pfanne hauen kann, darin?«

»Zu laufenden Ermittlungen kann ich mich nicht äußern«, erwiderte die Kommissarin im besten Beamtendeutsch. Sie ärgerte sich ein wenig, weil sie indirekt zugegeben hatte, dass die Aktenmappe keine oder nur wenige Beweise enthielt. Andererseits – warum sollten sich Beweise jetzt in Mannings Händen befinden? Er hatte bisher offenbar Himmel und Hölle in Bewegung gesetzt, um sie in seinen Besitz zu bringen. Und zwar vergeblich. Es war schwer einzuschätzen, ob Manning sich mit dieser Information zufriedengab. Er hielt jetzt den Mund und taumelte aus der Polizeistation wie ein geschlagener Boxer.

»Erpresser leben gefährlich«, stellte Roland fest, nachdem sich die Tür hinter dem Makler geschlossen hatte. »Hältst du Lohses Angaben für glaubwürdig, Antje?«

»Zumindest stimmen sie mit unseren bisherigen Erkenntnissen überein. Dieser Ganove ist gewiss nicht die hellste Kerze auf der Torte. Wenn er Fiete Tolk getötet hätte, würde er längst das Weite gesucht haben. – Du kannst dich nicht zufällig erinnern, ob Lohse an dem Abend Handschuhe trug?«

»Es war ja schon ziemlich finster, wie du weißt. Ich bin mir aber sicher, dass seine Hände unbedeckt waren. Sie hoben sich als helle Flecken von seiner dunklen Kleidung ab. – Immerhin können wir nun Silke Meester von der Verdächtigenliste streichen. Ihr Erscheinen wird durch Lohses Angaben bestätigt, nicht wahr? Und bei dem Mörder handelt es sich offenbar um eine männliche Person.«

Antje hob den rechten Zeigefinger: »Es sei denn, der Ganove will die Täterin decken, indem er uns auf eine falsche Fährte setzt. Verstehe mich nicht falsch – ich halte Lohses Angaben durchaus für plausibel. Wir sollten bloß nicht den Fehler begehen, unsere gesamten Ermittlungen darauf aufzubauen. Lass uns zunächst einmal Stimmproben von Karsten Schulte und Marius Haan beschaffen.«

Damit war der Kommissar einverstanden. Die beiden fuhren zum *Hotel Belgischer Hof*, wo sie sich nach dem Ehepaar erkundigten. Sie erhielten die Auskunft, dass die Schultes zum Hauptstrand hinuntergegangen seien.

»Das hätte ich auch getan, wenn ich hier auf Urlaub wäre«, meinte Roland, nachdem sie das imposante weiße Gebäude wieder verlassen hatten. »Aber so richtig werden die Eheleute ihren Aufenthalt wohl nicht genießen können, oder? Falls Tolk wirklich gegen sie ein Druckmittel hatte, dann müssen sie doch ständig befürchten, dass es in die falschen Hände gerät.«

»Zum Beispiel in unsere«, ergänzte Antje trocken. Die Polizisten überquerten die Strandpromenade und stapften Richtung Spülsaum. Auf Höhe der Aussichtsplattform war der helle Sandstreifen ganz besonders breit. Frühmorgens machten sich die Souvenirjäger auf, um angespülten Krimskrams aufzusammeln. Manchmal fand man sogar eine Flaschenpost, aber meist bestanden die Fundstücke nur aus einzelnen Schuhen, Plastiktüten mit exotischen Aufdrucken oder anderem wertlosen Plunder. Es wehte eine frische Brise, die sommerliche Wärme schien für dieses Jahr endgültig vorbei zu sein. Die Beamten setzten ihre Sonnenbrillen auf, denn das Licht wurde von dem hellen Sand reflektiert.

»Die beiden dort hinten könnten die Schultes sein«, meinte Roland und zeigte auf zwei Punkte bei der Brandung, die sich mit ungeschütztem Auge kaum wahrnehmen ließen.

»Wir werden es bald herausfinden«, meinte Antje und beschleunigte ihre Schritte. Natürlich hätten sie und ihr Kollege das Ehepaar auch einfach anrufen können. Aber die Kommissarin zog es vor, mit Personen ohne vorherige telefonische »Vorwarnzeit« zu sprechen. So kamen meist unverfälschtere Aussagen zustande, weil keine Zeit für sorgfältig zurechtgeschliffene Antworten blieb. Roland hatte mit seiner Vermutung richtig gelegen. Bei den beiden Personen handelte es sich wirklich um das Ehepaar. Dies wurde den Ermittlern deutlich, als sie die Distanz zu den zwei Gestalten verkürzten. Und es dauerte keine zehn Minuten, bis sie die Schultes eingeholt hatten.

»So schnell sieht man sich wieder«, sagte Schulte. Es hörte sich nicht so an, als ob er von der Begegnung mit den Polizisten erfreut wäre. Antje war sich darüber im Klaren, dass sowohl Schulte als auch Haan sich noch gar nicht auf Juist befunden hatten, während der Mord geschah. Zumindest nicht offiziell. Aber falls einer von ihnen mit einer Chartermaschine eingeflogen war und sich nach der Tat sofort wieder aufs Festland begeben hatte, konnte er am nächsten Morgen problemlos mit der Fähre erneut anreisen und ein wasserdichtes Alibi präsentieren. Zumindest würde es nach Meinung der Kommissarin nichts schaden, den beiden Männern auf den Zahn zu fühlen.

»Wir wollen Ihre Zeit nicht unnötig in Anspruch nehmen. Ich möchte Sie lediglich bitten, für einen Stimmabgleich einen Satz zu sprechen«, erklärte Antje und zog ihr Smartphone aus der Tasche. Schulte runzelte die Stirn: »Warum sollte ich das tun? Verdächtigen Sie mich, in den Mord an Fiete verwickelt zu sein? Das ist absurd, wir sind ja erst heute angereist.«

»Dann sollte es ja kein Problem sein, uns eine Probe zu überlassen«, meinte Roland lächelnd. Sein Charme kam bei Frauen normalerweise gut an. Aber bei Schulte handelte es sich nicht nur um einen Mann, sondern auch noch um einen ausgeprägten Sturkopf: »Sind Sie überhaupt für die Aufklärung eines so schweren Verbrechens qualifiziert? Ich kann mir vorstellen, dass auf Juist normalerweise höchstens mal ein Fahrrad gestohlen wird!«

Er lachte laut über seinen eigenen Witz, und seine Frau grinste ebenfalls – aber wahrscheinlich nur, weil sie dies für ihre Pflicht hielt. Auf Antje wirkte Birgit Schulte jedenfalls nicht nennenswert erheitert. Roland stellte klar: »Wir können Sie nicht zwingen. Aber wenn Sie sich weigern, dann werden wir bei der Staatsanwaltschaft einen offiziellen Beschluss erwirken.«

Schulte seufzte theatralisch und erwiderte: »Also gut – wenn Sie unbedingt Steuergelder verschwenden wollen, bin ich einverstanden. Was soll ich denn sagen? Oder bleibt das mir überlassen?«

Antje nannte den Satz, den sie hören wollte.

»Das werde ich verhindern«, murmelte Schulte.

»Sehr schön. Und nun rufen Sie den Satz bitte«, ordnete Antje an.

»DAS WERDE ICH VERHINDERN!«, schrie Schulte. Es wäre ohnehin nötig gewesen, dass er seine Stimme erhob. Die vier standen nämlich immer noch unweit der Brandung, wo das Geräusch der brechenden Wellen lauteres Sprechen notwendig machte.

»Vielen Dank«, sagte Antje freundlich. »Wir werden uns melden, falls wir noch mehr Informationen benötigen oder sich weitere Fragen ergeben.«

Schulte gab ein paar unverständliche Worte von sich, die bestimmt keine Höflichkeitsfloskeln waren.

»Wie lange müssen wir denn noch auf Juist bleiben?«, wollte seine Frau wissen.

»Es wäre gut, wenn Sie sich weiter zu unserer Verfügung hielten«, erwiderte Roland lächelnd. Dann fügte er mit ernster Miene hinzu: »Sie wollen gewiss dazu beitragen, diesen Mordfall so schnell wie möglich aufzuklären.«

Darauf erwiderten die Eheleute nichts. Die Polizisten wandten sich von ihnen ab und gingen zur Strandpromenade zurück. Als sie außer Hörweite waren, meinte der Kommissar: »Ich möchte zu gern wissen, auf welche Art Tolk dieses saubere Pärchen in der Hand hatte.«

Antje hing ihren Gedanken nach. Erst nach einigen Momenten wurde ihr bewusst, dass Roland eine Reaktion von ihr erwartete. Sie sagte: »Entschuldige, ich wollte dich nicht ignorieren. Ich habe mir nur gerade überlegt, ob Fiete vielleicht noch etwas anderes als Geld wollte – zumindest von einigen Personen, die er hierher zitiert hat, oder mit denen er sich treffen wollte.«

»Du denkst an die Frauen?«

Die Kommissarin nickte: »Ja, richtig. Mit Silke Meester hatte er bereits eine Affäre, das hat sie selbst zugegeben. Und mit Juliane Tolk war er verheiratet. Was Birgit Schulte angeht – inzwischen würde ich es dem Alten sogar zutrauen, dass er von ihr erotische Gefälligkeiten fordert, obwohl sie gemeinsam mit ihrem Ehemann angereist ist.«

»Du hast ja inzwischen ein ziemlich negatives Bild von dem Mordopfer«, stellte Roland fest.

»Wunderst du dich darüber?«, gab Antje zurück. »Ich ärgere mich vor allem, weil ich diesen Mann nicht durchschaut habe. Ich hielt ihn für einen harmlosen Freund meines Papas, der an seinem Lebensabend einige Dinge regeln und Geld verteilen wollte. Stattdessen habe ich einem eiskalten Erpresser mein Vertrauen geschenkt – und wir mussten als Schachfiguren in seinem perfiden Spiel herhalten!«

»Ja, das Täuschungsmanöver mit der Mappe war nicht von schlechten Eltern«, musste der Polizist zugeben. Während sie miteinander sprachen, hatten sie den Fahrrad-Parkplatz erreicht, wo sie ihre Räder zurückgelassen hatten. Sie begaben sich zu der Pension, in der Haan abgestiegen war. Es handelte sich um ein gemütliches Friesenhaus, in dem nur sechs Zimmer zu vermieten waren. Die Besitzerin schwang gerade höchstpersönlich den Wischmopp, denn auch auf Juist war Personalmangel ein Problem.

»Herr Haan? Ja, der sitzt hinten auf der Terrasse«, antwortete sie auf Antjes Frage nach dem alten Niederländer. Die Beamten durchquerten das Erdgeschoss und traten auf die gepflasterte Fläche, die mit modernen Outdoormöbeln bestückt war und offenbar hauptsächlich den Rauchern als Aufenthaltsort diente. Unter einem breiten Sonnenschirm hockte jedenfalls Haan und paffte einen Zigarillo, während er eifrig mit seinem Smartphone beschäftigt war. Er blickte auf, als er die Ermittler bemerkte.

»Gibt es schon etwas Neues?«, wollte er wissen.

»Ja, wir benötigen eine Stimmenprobe von Ihnen«, erwiderte die Kommissarin. Haan warf ihr einen verständnislosen Blick zu, und sie erklärte das Vorhaben genauer. Der Niederländer zuckte mit den Schultern: »Ja, das kann ich machen. Sie wollen den Mörder fangen, nicht wahr? Ich bin es nicht gewesen, aber ich helfe gern.«

Antje ließ auch ihn den fraglichen Satz in das Mikrofon ihres Handys schreien. Dann bedankte sie sich und wünschte noch einen schönen Tag. Nachdem sie die Pension wieder verlassen hatten, sagte die Ermittlerin: »Obwohl der Mörder mit männlicher Stimme gesprochen hat, sollten wir Tolks Ex-Frau nicht außen vorlassen. Es wäre gut möglich, dass sie einen Komplizen hat, der ihr die Drecksarbeit abnehmen wollte. – Angenommen, Fiete hätte wirklich auf erpresserische Art Intimitäten von seiner Ex verlangt. Wenn sie einen neuen Freund oder Lebensgefährten hat, muss dieser dadurch fuchsteufelswild geworden sein.«

»Falls Juliane es nicht vor ihm geheim halten konnte«, schränkte Roland ein.

»Ja, davon bin ich einfach mal ausgegangen«, meinte Antje ungeduldig und fuhr fort: »Zu einer spontanen Tat aus Leidenschaft würde übrigens auch die Waffe passen. Der Mörder wird nicht unbedingt vorgehabt haben, Fiete aus dem Leben zu reißen. Das Messer hat er sich geschnappt, weil bei ihm die Sicherungen durchgebrannt sind. Und sein Ausruf ›Das werde ich verhindern‹ kann sich auf das von Tolk geplante Stelldichein zwischen ihm und seiner Ex-Frau beziehen.«

»Oder auf hundert andere mögliche Situationen«, erwiderte Roland und fügte schnell hinzu: »Aber so, wie du die Situation schilderst, könnte sie sich wirklich zugetragen haben.«

»Schön, dass wir einer Meinung sind. – Ich möchte herausfinden, ob es aktuell einen Mann in Juliane Tolks Leben gibt. Und wenn das der Fall sein sollte, werden wir uns nach seinem Alibi für die Tatzeit erkundigen.«

Die Kommissare fuhren nun zum *Strandhotel Juist*. An der Rezeption wandte Antje sich an eine Mitarbeiterin: »Moin! Können Sie mir sagen, ob Frau Tolk in Begleitung reist?«

Die Angestellte schaute in ihren Computer: »Ja, zumindest hat sie zwei Zimmer auf ihren Namen gebucht.«

»Wie lautet denn der Name des Herrn?«, wollte die Kommissarin wissen. Die Rezeptionistin schüttelte den Kopf: »Das ist ein Missverständnis. Das zweite Zimmer ist mit der Tochter belegt, sie heißt Lea Tolk.«

Kapitel 11

Antje runzelte die Stirn. Von einem Kind hatten weder Fiete noch Juliane auch nur eine Silbe erwähnt. Gab es dafür einen bestimmten Grund, den die Ermittlerin noch nicht erkannt hatte? Sie wollte das Mädchen jedenfalls persönlich kennenlernen. Für den Moment bedankte sie sich bei der Rezeptionistin und fragte, wo sich Mutter und Tochter momentan aufhielten.

»Sie wollten zu *Baumann's Kaffeehus*. Ich hörte Frau Tolk im Vorbeigehen zu Lea sagen, dass sie ihr ein echtes Juister Traditionscafé zeigen wollte«, lautete die Antwort. Die Kommissare machten sich sofort auf den Weg. Das *Baumann's* befand sich an der Bahnhofstraße – ein für Nicht-Insulaner irreführender Name, denn es gab auf der Insel schon lange keine Schienenverbindung mehr. Doch selbst Gäste, die noch nie einen Fuß in das Lokal gesetzt hatten, kannten es zumindest vom Sehen. Wer mit dem Fährschiff auf der Insel eintraf, kam auf dem Weg zum Ortszentrum an der Gaststätte vorbei. Die Kommissare parkten ihre Räder und betraten den Gastraum. Nur wenige Tische waren besetzt. Juliane Tolk saß mit einer jungen Frau an einem Fensterplatz. Beide hatten jeweils eine Teekanne nebst Tasse, Stövchen, Kandis-Behälter und Sahnekännchen vor sich. Außerdem ließen sie sich offenbar Kuchen schmecken. Antje musterte Frau Tolks Tochter. Sie war schätzungsweise Anfang zwanzig und trug ihr langes blondes Haar zu einem Zopf geflochten. Da sie am Tisch saß, konnte die Polizistin nur ihr langärmliges altrosa Baumwolloberteil sehen. Außerdem trug sie einen bunten Schal eng um den Hals geknotet. Bevor die Ermittler etwas sagen konnten, öffnete Juliane Tolk den Mund: »Lea, das sind Kommissarin Fedder und Kommissar Witte. Sie untersuchen den Tod des Mannes, mit dem ich auf dem Papier immer noch verheiratet bin. – Gibt es etwas Neues?«

»Wir gehen einigen Hinweisen nach«, gab Antje vage zurück. Sie hatte genau hingehört und hakte nach: »Für mich klang es nicht so, als ob Fiete Tolk Leas Vater wäre.«

»Das haben Sie messerscharf kombiniert«, sagte die Tochter, bevor ihre Mutter etwas entgegnen konnte. »Mamas Ex hat sich nicht die Bohne für mich interessiert. Und um Ihrer nächsten Frage zuvorzukommen: Ich bin adoptiert, aber diese Frau und Paul sind für mich die besten Eltern auf der Welt!«

Sie unterstrich ihre Worte, indem sie ihre Rechte auf Juliane Tolks Hand legte und zärtlich darüber strich. Trotz dieser liebevollen Geste mahnte Juliane Tolk: »Sei nicht so vorlaut, Lea.«

Es klang, als ob sie diesen Satz schon unzählige Male ausgesprochen hatte, ohne sich davon eine nennenswerte Wirkung zu versprechen. Die junge Frau zuckte mit den Schultern: »Wieso? Ich sage nur die Wahrheit.«

»Sind Sie erkältet?«, wollte Roland wissen.

»Inzwischen bin ich wieder einigermaßen bei Stimme, ein paar Tage lang konnte ich kaum krächzen«, lautete die Antwort. »Ich habe es mit dem nächtlichen Schwimmen in der Nordsee wohl leider übertrieben. – Was geht Sie das eigentlich an? Ist die Polizei jetzt auch schon gegen die Verbreitung von Husten, Schnupfen und Heiserkeit im Einsatz?«

»Lea«, tadelte ihre Adoptivmutter. Die Kommissarin fragte sich, ob die Tochter stets so scharfzüngig war oder eine bestimmte Absicht hinter ihrem Verhalten steckte. Gerade junge Leute versuchten gern, Polizisten herauszufordern. Dagegen half nach Antjes Erfahrung nur konsequente Freundlichkeit sowie Beharrlichkeit, wenn es notwendig war. Sie hatte jedenfalls nicht vor, sich auf der Nase herumtanzen zu lassen.

»Von einem gewissen Paul haben Sie uns noch gar nichts erzählt«, stellte die Ermittlerin fest.

»Paul Berger ist mein Lebensgefährte, Frau Fedder. Er konnte uns leider nicht begleiten, weil er arbeiten muss. Paul ist Ingenieur und hat gerade einen Einsatz in einem Offshore-Windpark. Lea wird ab dem nächsten Jahr in Bremen Jura studieren, sie kann sehr stolz auf ihr Einser-Abitur sein.«

»Für welches Unternehmen arbeitet Ihr Freund?«, erkundigte die Kommissarin sich.

»Glauben Sie, er hätte Fiete umgelegt? Paul könnte keiner Fliege etwas zuleide tun«, ereiferte Lea sich, bevor ihr Satz in einem Hustenanfall endete.

»Du sollst noch nicht so viel sprechen«, erinnerte die Adoptivmutter. *Das wäre wirklich nicht übel,* dachte Antje. Sie sagte: »Es handelt sich um eine reine Routinemaßnahme. Falls Ihr Lebensgefährte zur Tatzeit wirklich in dem Windpark auf hoher See war, wird sich das sehr leicht nachweisen lassen.«

Lea war anzusehen, dass sie am liebsten wieder ihren Senf dazugegeben hätte. Aber für den Moment hielt sie sich offenbar zurück und trank stattdessen einen Schluck Tee. Nachdem Juliane Tolk den Namen von Paul Bergers Arbeitgeber genannt hatte, bedankten sich die Kommissare und verließen das Café. Als sie draußen auf der Straße standen, stieß Roland langsam die Luft aus den Lungen: »Die Kleine hat wirklich Haare auf den Zähnen, das muss man ihr lassen. – Na ja, bei manchen dauert die Pubertät eben etwas länger.«

»Lea ist nicht nur frech, sondern auch sehr attraktiv«, meinte Antje.

»Wenn ich so etwas gesagt hätte, müsste ich mir wahrscheinlich einen Rüffel von dir abholen«, scherzte ihr Kollege. Dann wurde er ernst: »Denkst du, ihr Aussehen könnte etwas mit unserem Fall zu tun haben?«

»Lass uns zunächst Paul Bergers Alibi überprüfen, dann sehen wir weiter«, gab sie zurück. Nachdem die beiden wieder auf der Wache waren, ließ sich diese Aufgabe schnell erledigen. Lea Tolks Adoptivvater befand sich an seinem Arbeitsplatz weit draußen vor der Küste. Es war unmöglich, dass er am 22. September zwischen 19 und 20 Uhr auf Juist gewesen sein konnte. Roland schaute Antje gespannt an: »Ich wette, du hast dir bereits eine neue Theorie zurechtgelegt.«

»Ganz so frisch ist meine Überlegung nicht«, schränkte die Kommissarin ein, »ich hatte ja schon den Verdacht, dass Fiete von den erpressten Frauen Sex wollte. Wenn er nun Lea ebenfalls im Visier hatte? Juliane würde gewiss alles tun, um ihr Adoptivkind zu schützen. Sie selbst kann Tolk nicht getötet haben, die Stimme war laut Lohse eindeutig die eines Mannes. Warum sollte der Ganove sich das ausdenken? Hinzu kommt: Juliane hat früher auf der Insel gelebt. Sie dürfte also noch alte Bekannte haben, die ihr vielleicht gern einen Gefallen tun würden.«

Roland war skeptisch: »Grundsätzlich würde ich deinem Gedankengang zustimmen – aber welchem Einheimischen traust du einen Mord zu?«

»Juliane muss ihrem Helfer ja keinen Tötungsauftrag gegeben haben«, schlug die Polizistin vor. »Vielleicht sollte er Tolk nur einschüchtern, ihm Angst einjagen – und dann ist die Situation aus dem Ruder gelaufen. Mir fallen auf Anhieb etliche Männer ein, die es empörend fänden, wenn ein alter Kerl sich an einer jungen Frau vergreifen wollte.«

»Mich selbst eingeschlossen«, betonte der Kommissar. Er fügte hinzu: »Juliane Tolk wird gewiss nicht zugeben, von

Fiete unter Druck gesetzt worden zu sein. Wie willst du deine Überlegungen beweisen?«

»Ich versuche es mal mit einem Gespräch von Frau zu Frau – zu unserer Bürgermeisterin habe ich ja inzwischen ein etwas besseres Verhältnis«, erwiderte sie.

*

Antje beschloss, sofort Nägel mit Köpfen zu machen, und rief Silke Meester an. Die Amtsträgerin war noch in ihrem Büro. Dort nahm sie das Gespräch auf ihrem Festnetzanschluss entgegen.

»Moin, Sie sprechen mit Bürgermeisterin Meester. Was kann ich für Sie tun?«

»Hier ist Antje, Silke. Wie geht es dir? Hast du den Leichenfund inzwischen einigermaßen verkraftet?«

»Danke der Nachfrage, Antje. Dein Vater hat mir über den Schock hinweggeholfen – Seid ihr mit euren Ermittlungen schon weitergekommen?«

»Ja, das sind wir. Und aus diesem Grund möchte ich kurz mit dir reden – unter vier Augen«, betonte die Kommissarin.

»Ich verstehe. Willst du zu mir kommen?«

»Ja, ich bin in ein paar Minuten bei dir.«

Mit diesen Worten beendete Antje das kurze Telefonat.

»Bis später dann«, sagte Roland zum Abschied. Vermutlich war er genauso gespannt wie sie selbst. Von der Polizeiwache bis zum Rathaus waren es nur wenige Minuten zu Fuß. Antje benutzte ausnahmsweise nicht ihr Fahrrad. Sie ließ ihre Gedanken schweifen: Wo konnte sich das Belastungsmaterial befinden? Existierte es überhaupt? Aber falls nicht – was für ein Druckmittel hätte Tolk haben können, um gleich mehrere Personen nach seiner Pfeife tanzen zu lassen und sie nach Juist zu zitieren? Nein, es musste diese Dokumente geben. Und falls Lohse als

Einbrecher nicht völlig unfähig war, hätte er sie bei seinen mehrfachen Suchaktionen im Haus finden müssen. Die Kommissarin betrat das Rathaus, in dem sich auch die Hauptstelle der Touristeninformation befand. Sie ging zum Büro der Bürgermeisterin, klopfte und trat ein. Silke Meester saß hinter dem Schreibtisch, den sie von ihrem Amtsvorgänger übernommen hatte. In der Ecke des Amtszimmers befand sich eine Fahne mit dem Inselwappen: Drei goldene Dünen, zwei silberne sechszackige Sporenräder und vier silberne Wellenleisten. Ansonsten unterschied sich die Einrichtung des nüchtern gehaltenen Raums nicht von anderen vergleichbaren Diensträumen überall in Deutschland. Die Bürgermeisterin lächelte der Kommissarin zu – aber hinter dieser Fassade konnte Antje spüren, dass etwas überhaupt nicht in Ordnung war. Sie nahm unaufgefordert auf einem der Besucherstühle Platz und kam gleich zur Sache: »Ich habe eine gute Nachricht für dich, Silke: Ein Zeuge hat deine Aussage indirekt bestätigt. Außerdem gehen wir momentan davon aus, dass es sich bei Fietes Mörder um eine männliche Person handelt. Der Verdacht gegen dich ist also vorerst vom Tisch – was den Mord angeht.«

»Du betonst das so stark, Antje. Wird mir denn ein anderes Delikt zur Last gelegt?«

In den Augen der Bürgermeisterin flackerte Furcht auf, während sie diese Frage stellte. Die Polizistin erwiderte: »Ich vermute, dass du uns nicht die ganze Wahrheit gesagt hast, als es um den neuerlichen Kontakt mit Fiete Tolk ging. Angeblich wollte er dir etwas *geben* – nach unserem jetzigen Kenntnisstand solltest du aber etwas von ihm bekommen.«

Silke Meester senkte den Kopf und begann damit, einen Füllfederhalter nervös in den Händen zu drehen.

»Beides ist richtig«, brachte sie hervor.

»Wie meinst du das?«

»So, wie ich es sage, Antje. Fiete versprach mir ein … Papier. Im Austausch dafür sollte ich … er wollte mit mir schlafen!«

Der Bürgermeisterin war deutlich anzusehen, welche Überwindung sie diese Beichte kostete. Die Vermutung der Kommissarin hatte sich also als richtig erwiesen.

»Ich habe es natürlich nicht getan, das musst du mir glauben!«, beteuerte Silke Meester. Antje erwiderte: »Es ist vermutlich nicht leicht, über diese Dinge zu sprechen. Dennoch möchte ich von dir erfahren, womit Fiete dich erpressen konnte. Denn genau das hat er getan – er wollte dich durch eine Drohung herumkriegen, und so etwas ist bekanntlich strafbar.«

Die Amtsträgerin rang mit sich, doch plötzlich sprudelten die Worte nur so aus ihr heraus: »Als ich seinerzeit mit Fiete eine Affäre hatte, arbeitete ich ja schon im Rathaus. Damals war ich noch nicht Bürgermeisterin, sondern nur eine Verwaltungsangestellte. Mein Onkel Wilko benötigte die Verlängerung seiner Schanklizenz. Er hatte leider einige Auflagen nicht erfüllt, er brauchte aber die Einnahmen dringend. Da unterschrieb ich im Namen des damaligen Bürgermeisters, obwohl ich dazu nicht berechtigt war!«

Während ihres Berichts wurde Silke Meester immer aufgeregter. Es kam ihr selbst wahrscheinlich so vor, als ob sie die britischen Kronjuwelen gestohlen hätte. Antje betrachtete diese Tat weitaus nüchterner: »Es scheint sich um eine klassische Urkundenfälschung zu handeln, die aber längst verjährt sein dürfte.«

»Mein Onkel ist wenige Monate später verstorben, und da niemand in der Familie die Gaststätte weiterführen wollte, hatte sich die Sache sozusagen von selbst erledigt. Ich habe seitdem keinen Gedanken mehr an dieses Papier verschwendet – bis Fiete mich mit der Nase darauf stieß.«

»Woher wusste er überhaupt von der Schanklizenz?«

»Es kann sein, dass ich ihm damals mein Herz ausgeschüttet habe, Antje. Du kennst mich als Bürgermeisterin, die ihre Pflichten sehr ernst nimmt. Ich war wirklich fertig, weil ich gegen das Gesetz verstoßen hatte. Ich brauchte jemanden, dem ich mich anvertrauen konnte.«

»Und dies hat Fiete Tolk viele Jahre später eiskalt ausgenutzt«, stellte die Kommissarin grimmig fest. »Du bist also nicht zu ihm gegangen, weil du dich erneut mit ihm einlassen wolltest?«

»Das hatte ich ganz und gar nicht vor«, betonte die Amtsträgerin. »Ich wollte Fiete nur um der alten Zeiten willen bitten, es sich noch einmal anders zu überlegen. Aber dann sah ich ihn da in seinem Blut liegen. Und als ich wieder einen klaren Gedanken fassen konnte, sagte ich mir, dass ich sein unmoralisches Angebot besser verschweigen könnte. Es war mir peinlich, verstehst du? Du bist immerhin Tjarks Tochter ...«

»Ich kann nachvollziehen, dass es dir unangenehm war, Silke. Trotzdem wäre es besser gewesen, wenn du von vornherein alle Angaben gemacht hättest. Ich denke nämlich inzwischen, dass es noch andere Frauen gab, die Fiete Tolk auf diese Weise zu seinen Gespielinnen machen wollte.«

»Es tut mir leid … das wusste ich nicht ...«

»Jetzt bist du immerhin ehrlich gewesen«, meinte Antje anerkennend. Sie stand auf und fügte hinzu: »Danke für deine Zeit. – Du wirst bestimmt auch bald Feierabend machen wollen.«

»Ja, ich schaue gleich mal bei deinem Vater vorbei. – Denkst du, dass ich ihm von Fietes unmoralischem Angebot erzählen sollte?«

Antje antwortete nachdenklich. »Einerseits wäre es nur ehrlich, und du bist ja auf dieses miese Tauschgeschäft nicht eingegangen. Andererseits hat Papa bestimmt immer noch ein positives Bild von seinem Freund, dass du dadurch zerstörst. Aber er wird so oder so bald erfahren, aus welchem Holz Fiete Tolk wirklich geschnitzt war!«

Kapitel 12

Die Kommissarin kehrte zur Wache zurück und berichtete Roland von dem Gespräch mit der Bürgermeisterin.

»Es spricht für Silke, dass sie dir ihre damalige Verfehlung gestanden hat«, meinte ihr Kollege, »und Tolk war natürlich ein echter Dreckskerl, wenn er Frauen mithilfe solcher miesen Maschen ins Bett kriegen wollte. – Von einem weiblichen Opfer wissen wir nun immerhin, auf welche Weise es unter Druck gesetzt werden sollte. Ich spreche natürlich von dieser Schanklizenz. Für die Aufklärung des Mordfalls wäre es gut, wenn wir dieses Dokument tatsächlich in die Finger bekommen würden. Das gilt natürlich auch für das übrige Belastungsmaterial.«

Antje nickte: »Ja, und wir sollten ganz an den Anfang zurückgehen. Als Fiete an die Tür der Polizeistation klopfte, hatte er die Mappe bei sich – und sie war leer.«

»Ich kapiere, worauf du hinauswillst. Tolk ging davon aus, dass er bereits unter Beobachtung stand. Also könnte er in einem passenden Moment die Papiere herausgenommen und irgendwo anders platziert haben – ohne dass dies von seinem Verfolger bemerkt wurde.«

»Wir wissen nicht, von wo aus Fiete Tolk zur Wache gegangen ist«, stellte die Kommissarin klar. »Vermutlich ist er in seinem Haus gewesen. Also sollten wir die Strecke von der Billstraße bis zur Carl-Stegmann-Straße abgehen.«

»Und dabei hoffen, dass uns das Versteck ins Auge fällt«, ergänzte Roland. Die Billstraße durchzog den gesamten westlichen Teil der Insel, da sie sich vom Ortszentrum bis zur Domäne Bill erstreckte. Die Polizisten mussten allerdings nicht die Gesamtlänge überprüfen, da Tolks Haus sich auf Höhe des Pilzkopfankers oberhalb der Salzwiesen befand. Die Entfernung bis zur Polizeistation betrug ungefähr zwei Kilometer. Die beiden fuhren bis zu ihrem

Ziel. Von dort aus begannen sie den Rückweg, indem sie ihre Räder schoben. Zu groß war die Gefahr, etwas zu übersehen, wenn man daran vorbeisauste. Roland ließ seinen Blick über die idyllischen kleinen Friesenhäuser schweifen, an denen sie vorbeikamen: »Tolk wird wohl kaum bei einem der Nachbarn geklingelt haben. Wir sind uns ja einig, dass er sich verfolgt fühlte. Und Lohse ist ihm ja tatsächlich nachgestiegen. Ich weiß nicht, wie gut der Ganove als Beschatter ist. Allzu weit her kann es mit seinen Fähigkeiten nicht sein, denn andernfalls hätte Tolk das Material nicht so einfach verschwinden lassen können.«

Antje nickte. Sie hielt inne und trat mitsamt ihrem Fahrrad zur Seite. Roland folgte ihrem Beispiel, denn nun kam ihnen ein Pferdefuhrwerk aus Richtung Inselhafen entgegen. Der Wagen war mit einigen großen Kisten beladen, was das Gespann nicht allzu sehr herauszufordern schien. Es handelte sich um zwei große, belgische Kaltblüter, die an harte Arbeit gewöhnt waren. Der Kutscher grüßte freundlich, was von den Beamten erwidert wurde. Antje schob ihre Mütze in den Nacken und schaute dem Gefährt hinterher.

»Woran denkst du?«, wollte ihr Kollege wissen.

»Wie oft am Tag wird wohl so ein Fuhrwerk hier vorbeikommen, Roland?«

»Das ist schwer zu sagen, aber mehr als einmal auf jeden Fall – zumindest dann, wenn gerade eine Fähre angelegt hat und es neue Gäste oder Güter zu transportieren gibt. Oder beides.«

»Ich bin ganz deiner Meinung«, stimmte Antje zu. Sie sprach weiter: »Stell dir vor, dort hinter dem Pferdewagen würde Lohse lauern. Er hätte uns jetzt nicht komplett im Blickfeld, richtig? Das Fuhrwerk nimmt größtenteils die Sicht. Und näher heran könnte er nicht kommen, weil er dann Gefahr laufen würde, seinerseits von uns entdeckt zu werden.«

»Ich verstehe, worauf du hinauswillst!«, rief Roland aufgeregt. »Tolk könnte einen solchen Moment genutzt haben, um unauffällig das Material loszuwerden. Aber – wo genau soll das geschehen sein? Wir können unmöglich nachvollziehen, um welche Uhrzeit am 22. September hier ein Fuhrwerk durchgerattert ist.«

»Das können wir wirklich nicht tun, aber hilfreiche Hinweise gibt es trotzdem.«

Antje unterstrich ihre Worte, indem sie direkt vor einem Ferienhaus stehen blieb. Dort hing eine Pappe mit der Aufschrift FERIENHAUS FREI im Fenster. Sie erklärte: »Dank solcher Schilder sieht man schon von Weitem, ob ein Urlaubsdomizil aktuell belegt ist oder nicht. Bei einem freien Ferienhaus konnte Tolk sicher sein, dass wahrscheinlich vor dem nächsten Tag niemand in den Briefkasten schauen würde.«

»Also hat der Alte das Material einfach dort hineingesteckt?«, vergewisserte der Polizist sich. »Ja, das ist plausibel. In dem Blechkasten ist es vor Wind und Wetter geschützt. Und es besteht nicht die Gefahr, dass neu ankommende Urlauber die Dokumente entdecken. Zu der Zeit, als Tolk bei uns auf der Wache erschien, hatte die Nachmittagsfähre schon angelegt. Wenn also ein Ferienhaus leer stand, würde es bis zum nächsten Morgen auch unbewohnt bleiben. Und dann hätte er das Belastungsmaterial schon wieder herausholen können.«

Antje trat auf den Briefkasten zu: »Diese Schlösser sind ein Witz, die muss man nur einmal scharf anschauen, damit sie aufgehen.«

Sie zog ihr Taschenmesser hervor und benötigte keine zehn Sekunden, um den Briefkasten zu öffnen. Darin befand sich allerdings nur ein Werbeflyer vom Frischemarkt.

»Ich lasse jetzt den fehlenden Durchsuchungsbeschluss mal unerwähnt«, meinte Roland, wobei er eine Unschuldsmiene aufsetzte.

»Wir jagen einen Mörder, da herrscht Gefahr im Verzug«, erwiderte sie und verschloss den Kasten mithilfe ihres Messers erneut. »Außerdem habe ich ja nichts herausgenommen.«

»Das stimmt – die nächste Urlauberfamilie kann gleich die Sonderangebote des Juister Einzelhandels studieren«, gab ihr Kollege augenzwinkernd zurück. Antje ließ sich durch diesen ersten Misserfolg nicht entmutigen, denn auf dem vor ihnen liegenden Stück der Billstraße gab es noch vier weitere Ferienhäuser mit außen an der Wand befestigten Briefkästen. Die Polizisten schauten noch in zwei Kästen, bevor sie fündig wurden.

»Bingo!«, rief Roland, während er einen großen braunen Umschlag an sich nahm. Dieser war noch nicht einmal zugeklebt. Der Kommissar schaute vorsichtig hinein und entdeckte mehrere Dokumente.

»Jetzt haben wir genügend Stoff für eine gemütliche Lesestunde auf der Wache«, sagte Antje, während sie ihm über die Schulter schaute. Ob das Material die Identität des Mörders preisgeben würde?

*

Nachdem sie in die Carl-Stegmann-Straße zurückgekehrt waren, kochte die Kommissarin zunächst eine starke Assam-Mischung. Als der Tee fertig war, begannen sie mit der Auswertung der Beweisstücke. Zunächst hatten sie den Besitzer des Ferienhauses darüber informiert, dass sein Briefkasten als Depot zweckentfremdet worden war. Seine Überraschung schien echt zu sein – und er hatte nichts gegen die Beschlagnahmung des Materials einzuwenden. Die

Ermittler zogen Latexhandschuhe über und schauten sich die Dokumente genauer an.

»Die Schanklizenz können wir getrost schon mal beiseitelegen«, meinte Antje. »Silkes korrigierte Aussage kam mir glaubwürdig vor, und unser hervorragender Ohrenzeuge Lohse entlastet sie auch bezüglich des Mordes. Theoretisch könnte sie jemanden angeheuert haben, um sich ihren aufdringlichen Ex-Liebhaber für immer vom Hals zu halten. Aber wer hätte diese Rolle spielen sollen? Und ich wüsste nicht, wann unsere Bürgermeisterin ein solches Komplott organisieren könnte. Sie rackert sich den ganzen Tag für die Insel ab, und die Abende verbringt sie mit Papa.«

»Außerdem wissen wir beide, dass deine zukünftige Stiefmutter große Angst vor Gewalt aller Art hat«, gab Roland zu bedenken. Wenn wir mal jemanden verhaften müssen, dann fürchtet sie doch gleich, dass wir die Handschellen zu eng anlegen.«

»Ja, klammern wir meine *zukünftige Stiefmutter* für den Moment aus«, erwiderte Antje, wobei sie die beiden Worte ironisch betonte. Einerseits freute sie sich für das späte Glück ihres Vaters mit der Bürgermeisterin. Andererseits hatte die Kommissarin sich insgeheim schon öfter gefragt, was ihr Papa denn an dieser stets Hektik verbreitenden Pedantin fand. Tjark Fedder war ein gemütlicher und meist gut gelaunter Brummbär, der das Leben von seiner angenehmen Seite nahm. Vielleicht stimmte ja bei diesen Paar die alte Binsenweisheit, dass Gegensätze sich anziehen. Roland riss sie aus ihren Überlegungen, indem er ein anderes Papier hochhielt: »Das hier ist ein Schuldschein, oder? Ein gewisser K. Schabe hat einen Kredit in Höhe von 50.000 Euro zu absoluten Wucherzinsen erhalten. Und du wirst niemals raten, von wem.«

»Verrate es schon, bevor du platzt«, bat Antje lächelnd.

»Der Kredithai ist kein anderer als Karsten Schulte, unser angeblicher Kunstliebhaber!«

»Nun ja, auch auf Banknoten sind schöne Bilder gedruckt«, gab die Polizistin trocken zurück. Sie fügte hinzu: »Ich entdeckte gerade einen Frachtbrief aus den Niederlanden, der über zwanzig Jahre alt ist. Sowohl der Versender der Ware als auch der Empfänger haben holländisch klingende Namen. Allerdings heißt keiner von ihnen Marius Haan. Meine Sprachkenntnisse lassen zu wünschen übrig, aber diese Worte hier – *gefaarlijke goederen* – könnte doch *Gefahrgut* bedeuten, oder?«

»Wie praktisch, dass wir einen niederländischen Staatsbürger kennen, der uns dieses Wort bestimmt übersetzen kann. Und ich möchte sein Gesicht sehen, wenn wir ihm den Frachtbrief unter die Nase halten!«, erwiderte Roland forsch. Antje sagte: »Ich muss deinen Tatendrang ein wenig bremsen, denn es gibt noch ein letztes Dokument. Es geht um Lea. Fiete Tolk erklärt sich darin mit der Adoption einverstanden und verzichtet unwiderruflich auf das Recht, sich in irgendeiner Form an der Erziehung des Mädchens zu beteiligen oder auch nur bei seiner Ehefrau Juliane wohnen zu wollen. Der Text sieht für mich so aus, als ob ihn ein Notar verfasst hätte. Und Fiete hat seinen Namen darunter gekritzelt.«

»Warum hätte dieses Papier Tolk als Druckmittel dienen können?«, dachte Roland laut nach.

»Das will ich dir verraten«, antwortete sie. »Die Unterschrift wurde vermutlich gefälscht, was sich durch einen Grafologen beweisen lässt. Somit hätte Tolk diese Einverständniserklärung niemals abgegeben.«

Der Kommissar war skeptisch: »Das mag ja sein – aber benötigt man ein solches Dokument überhaupt, damit eine Adoption problemlos genehmigt wird?«

»Das weiß ich nicht«, gab Antje zu, »und für den Tatbestand der Urkundenfälschung dürfte diese Frage nebensächlich sein. Entscheidend ist, dass Tolk seine Ehefrau mit diesem Papier hier unter Druck setzen wollte.«

»Und jetzt befinden sich all diese Dokumente zum Glück in unseren Händen«, stellte Roland zufrieden fest. »Was hältst du davon, wenn wir bei den Personen ein wenig auf den Busch klopfen? Zumindest von Juliane Tolk ist uns bekannt, dass sie schon auf der Insel war, als Fiete erstochen wurde. Die anderen Verdächtigen sind zwar erst später angereist, könnten aber einen Handlanger mit dem Mord beauftragt haben.«

»Juliane kann nicht die Täterin sein, denn Lohse will ja kurz vor der Bluttat einen Mann gehört haben – und ich sehe nicht, aus welchem Grund er der Ehefrau ein falsches Alibi geben sollte«, gab Antje zurück. Sie ergänzte: »Allerdings ist es möglich, dass ein Komplize von Juliane angeheuert wurde.«

Kapitel 13

Die Kommissare begannen im *Strandhotel Juist* mit ihren Befragungen. Es war bereits Abend, als sie dort eintrafen. Die Sonne ging über der Nordsee unter, der Horizont wurde in golden glitzerndes Licht getaucht. Juliane Tolk empfing die Ermittler in ihrem elegant eingerichteten Zimmer mit Seeblick. Sie trug einen seidenen Morgenmantel und duftete nach Duschgel, ihr Haar war noch feucht.

»Ich war eine Runde schwimmen, zur Abhärtung gibt es nichts Besseres«, sagte sie. »Lea konnte leider nicht mitkommen, ihre Erkältung ist noch nicht ganz auskuriert. Sie ruht sich in ihrem Zimmer aus, aber meine Tochter wird Ihnen sowieso nicht bei der Aufklärung des Mordes helfen können.«

Antje ging nicht auf den letzten Satz ein. Stattdessen sagte sie: »Indirekt könnte Lea aber schon etwas mit dem Fall zu tun haben.«

Mit diesen Worten zog sie die Einverständniserklärung aus dem Umschlag und präsentierte sie der Verdächtigen. Juliane Tolks linkes Augenlid zuckte kurz, doch eine weitere Reaktion von ihr blieb aus. Sie hob die Schultern, als sie der Polizistin das Papier zurückgab: »Ich verstehe nicht, was dieser Schrieb beweisen soll.«

»Wir vermuten, dass Sie uns bei der ersten Befragung nicht die Wahrheit gesagt haben«, begann die Kommissarin. »Sie behaupteten, Fiete hätte Ihnen Geld geben wollen. In Wirklichkeit wird er Sie erpresst haben – genau wie einige andere Personen. Und mit diesem gefälschten Dokument hätte er Sie unter Druck setzen können.«

»Allerdings wird er nicht gewusst haben, dass die Urkundenfälschung schon verjährt ist«, fügte Roland hinzu. »Laut dem Datum auf dem Papier wurde es vor vielen Jahren niedergeschrieben.«

Juliane Tolk warf dem Polizisten einen ungläubig wirkenden Blick zu. So, als ob sie herausfinden wollte, ob er sie verschaukelte. Dann sagte sie: »Ich habe nur zur Hälfte geschwindelt. Ursprünglich behauptete Fiete wirklich, mich mit Geld für unsere miese Ehe entschädigen zu wollen. Ich ließ mich breitschlagen, in Begleitung meiner Tochter nach Juist zu reisen. Lea sollte sehen, woher ich ursprünglich stamme. Doch als wir hier eingetroffen waren, ließ Fiete die Katze aus dem Sack. Er rief mich erneut an ...«

Antje unterbrach den Redefluss: »Von wo aus geschah das?«

»Ich weiß es nicht, Frau Fedder. Aber die Nummer ist in meinem Smartphone gespeichert.«

Sie zeigte der Kommissarin ihr Gerät. Auf dem Display erschien die Nummer, mit der Tolk seine Frau kontaktiert hatte. Roland schaute seiner Kollegin über die Schulter: »Für mich sieht das nach der Nummer eines Einweghandys aus.«

Also hat Fiete auch gelogen, als er behauptete, kein Telefon zu besitzen, dachte die Polizistin verdrossen. Aus welchem Grund? Darüber konnte sie sich später den Kopf zerbrechen. Vermutlich hatte der Mörder das Handy an sich genommen. Das wäre zumindest eine plausible Erklärung dafür, dass die Ermittler am Tatort kein Telefon gefunden hatten. Antje hakte nach: »Worum ging es bei diesem zweiten Telefonat? Und wann genau fand es statt?«

»Am 22. September, so gegen fünf Uhr nachmittags«, lautete die Antwort. Sie fuhr fort: »Und als Fiete erneut anrief, war von Geld, das ich bekommen sollte, keine Rede mehr. Stattdessen verlangte er … unsere Ehe wieder aufleben zu lassen – und zwar im Bett. Andernfalls wollte er mir mit diesem Dokument dort ›das Leben zur Hölle machen‹. Das waren seine exakten Worte.«

Antje erinnerte sich an die Aussage ihres Vaters. Juliane Tolk hatte einen ziemlich gereizten Eindruck auf ihn gemacht, als sie an dem Tag in der *Juister Kajüte* erschienen war. Für diese Stimmungslage hatte die Kommissarin volles Verständnis. Sie wäre in einer ähnlichen Situation wahrscheinlich genauso geladen gewesen – und hätte das dringende Bedürfnis gehabt, die Sache aus der Welt zu schaffen. *Und zwar, ohne mich einem solchen Mistkerl wie Tolk hinzugeben,* dachte sie grimmig. Ob Juliane einen alten Bekannten dazu gebracht hatte, dem Erpresser einen »Hausbesuch« abzustatten?

»Wann sind Sie im Lokal meines Vaters gewesen?«

»Das muss so gegen halb sechs gewesen sein, Frau Fedder. Nachdem Fiete sich telefonisch bei mir gemeldet hatte, brauchte ich dringend etwas Alkoholisches. Ich sagte meiner Tochter, dass ich allein ein wenig meine alte Heimat erkunden wollte. Lea war immer noch erkältet und blieb in ihrem Zimmer. Natürlich habe ich ihr nicht verraten, was Fiete gerade von mir verlangt hatte. Ich bin schließlich schon lange mit meinem Paul glücklich, und meine Tochter betrachtet ihn als ihren Vater. Fiete ist – oder war – ein Fremder für sie. Glücklicherweise.«

»Bleiben Sie denn bei Ihrer Aussage, dass Sie später spazieren gegangen sind?«, hakte Antje nach. Die Verdächtige nickte: »Ja, und dafür gibt es leider keine Zeugen. Ehrlich gesagt habe ich mich natürlich auch auf den Weg zu Fietes Haus gemacht. Doch als ich dort ankam, war er nicht da.«

»Von welcher Uhrzeit sprechen wir?«

»Da muss es ungefähr 18.30 Uhr gewesen sein, Herr Witte.«

»Um die Zeit war Fiete bei uns auf der Wache«, erklärte Antje. »Er ahnte vermutlich, dass jemand hinter ihm her war. Deshalb hat er das Material, mit dem er Sie und andere Personen unter Druck setzen wollte, gut versteckt.«

»Aber nicht gut genug«, ergänzte Roland und deutete auf den Umschlag in den Händen seiner Kollegin. Juliane Tolk behauptete: »Ich habe ein paar Minuten gewartet, dann bin ich wieder fortgegangen. Ich wollte nicht den Eindruck erwecken, dass ich wie eine tollwütige Katze um sein Haus herumstreiche. Außerdem habe ich mir natürlich den Kopf darüber zerbrochen, wie ich mich aus der Affäre ziehen könnte.«

»Diese Sorge sind Sie ja nun los«, stellte die Polizistin fest.

»Ich hätte wahrscheinlich einen guten Grund gehabt, Fiete umzubringen. Aber ich bin es nicht gewesen«, beteuerte die Witwe.

*

»Glaubst du ihr?«, fragte Roland, nachdem die Kommissare das Vier-Sterne-Hotel wieder verlassen hatten. Antje machte eine unbestimmte Handbewegung: »Wenn ich das nur wüsste! Sie hat ein starkes Motiv, darüber sind wir uns wohl einig. Allerdings denke ich nicht, dass sie ihrem Ehemann die tödliche Verletzung zugefügt hat. Das Messer wird ein männlicher Täter geführt haben. Ich sollte mich umhören, welche Verehrer Juliane gehabt hat, als sie noch auf Juist wohnte. Sie war damals kein Kind von Traurigkeit, das hat sie selbst zugegeben. Immerhin ist sie wegen ihres Liebhabers von der Insel abgehauen.«

»Ihr Schwarm von damals soll ja ein Tourist gewesen sein, der wird sich also nicht mehr auf Juist befinden«, erinnerte Roland. »Vielleicht sollten wir deinen Vater fragen, ob er sich an andere Verehrer dieser Dame erinnert.«

Das war eine gute Idee, wie Antje fand. Doch zunächst fuhren sie und ihr Kollege zum *Hotel Belgischer Hof* hinüber, um dem Ehepaar Schulte auf den Zahn zu fühlen. Wie sich herausstellte, waren die beiden nach dem Abendessen im Hotelrestaurant in die zum Haus gehörende Bar gewechselt. Dort hatten sie vermutlich schon mehr als einen Drink gehabt. Karsten Schulte sprach die Polizisten mit schwerer Zunge an, als sie sich den Eheleuten näherten: »Ah, die Freunde und Helfer! Haben Sie Fietes Mörder schon verhaftet?«

Die Kommissarin war sich im Klaren darüber, dass die Aussage eines Angetrunkenen vor Gericht keinen Bestand hatte. Aber momentan wollten sie ja ohnehin nur ausloten, ob Schulte sich aus der Reserve locken ließ.

»Wir müssten ungestört mit Ihnen beiden sprechen«, sagte Roland. Schulte machte eine einladende Geste: »Dann setzen Sie sich doch einfach zu uns! Was wollen Sie trinken? Sie sind eingeladen.«

»Danke, aber wir sind im Dienst«, stellte Antje klar. »Und für meinen Geschmack sind zu viele andere Hotelgäste in Hörweite.«

»Dann gehen wir eben an die frische Luft«, schlug Birgit Schulte vor. »Ich wollte mir sowieso gerade einen Sargnagel genehmigen.«

Die Ermittler folgten dem Ehepaar auf die Raucherterrasse hinter der Hotelbar, auf der einige Outdoormöbel und sogar ein Strandkorb standen. Die Schultes ließen sich in zwei Sessel fallen, als ob sie gerade einen Marathonlauf absolviert hätten. Die Beamten blieben vor ihnen stehen. Nachdem Birgit Schulte sich eine Zigarette angezündet hatte, kam Antje sofort zur Sache: »Ich nehme an, dieses Dokument sagt Ihnen etwas?«

Sie hielt Schulte den Schuldschein vor die Nase. Der Outdoorbereich war ausreichend beleuchtet. Trotz seines Alkoholpegels schien der Verdächtige sofort zu bemerken, um was es sich handelte. Er zuckte zusammen, als ob er einen Stromschlag erhalten hätte: »Woher haben Sie das?«

»Sie geben also zu, Kreditwucher verübt zu haben?«, vergewisserte Roland sich. Die Ehefrau schien etwas nüchterner zu sein als Schulte. Sie fauchte: »Du hältst jetzt die Klappe, kapiert? Die Bullen wollen uns etwas anhängen. Dabei waren wir noch gar nicht auf der Insel, als der Alte dran glauben musste!«

Wie eine feinnervige Kunstliebhaberin hört sie sich nicht gerade an, dachte die Kommissarin ironisch. Sie sagte: »Wir gehen davon aus, dass Sie von Fiete Tolk keine finanziellen Zuwendungen zu erwarten hatten. Womit hat er Sie dazu gebracht, nach Juist zu kommen?«

»Dieser Dreckskerl wollte uns hochgehen lassen, weil ich einem Freund mit Geld aus der Patsche geholfen habe«, tönte Schulte. Entweder hatte er die Warnung durch seine Frau vergessen oder er konnte seine Zunge einfach nicht im Zaum halten. Jedenfalls polterte er weiter: »Fiete hat bekommen, was er verdient – aber nicht durch uns. Er war ein Betrüger der schlimmsten Sorte. Wenn man ihm die Hand gegeben hat, dann musste man sich hinterher vergewissern, dass noch alle Finger vorhanden waren!«

Birgit warf ihm einen Blick zu, der so viel bedeuten konnte wie: *Du redest dich noch um Kopf und Kragen!* Sie wollte offenbar retten, was noch zu retten war. Mit einem geschäftsmäßigen Lächeln wandte sie sich an die Polizisten: »Bitte entschuldigen Sie, dass mein Mann so aufgebracht ist. Herr Tolk war einfach unverschämt, anders kann man das nicht nennen. Stellen Sie sich vor: Der Alte hat von mir verlangt, dass ich mit ihm schlafe!«

»Nur über meine Leiche«, lallte Schulte. Seine Frau strich ihm beruhigend über den Handrücken: »Das ist ja auch nicht geschehen, Schatz. Und du weißt, dass ich nur dich liebe. – Jedenfalls sind wir natürlich nicht hierher gekommen, um auf Tolks Forderungen einzugehen. Stattdessen wollten wir ihm ins Gesicht sagen, was wir von ihm halten.«

»Das hätten Sie auch am Telefon tun können«, stellte Roland fest. Er war offenbar skeptisch. Auch Antje bezweifelte, dass die Eheleute nur auf die Insel gereist waren, um dem Alten die Meinung zu geigen. Und Tolk war wirklich unverschämt gewesen, wenn die Schultes die Wahrheit gesagt hatten. Die Kommissarin konnte sich den aufbrausenden Kredithai durchaus als Messermörder vorstellen – nämlich dann, wenn er Tolk gegenüberstand und bei ihm die Sicherungen durchbrannten. Ob er auf der Tatwaffe seine Fingerabdrücke hinterlassen hatte? Falls nicht, konnte der Nachweis des Mordes schwierig werden. Es sei denn, Schulte wäre bereits am 22. September auf Juist gesehen worden. Leider war der Verdächtige rein äußerlich ein eher unauffälliger Typ. Die Wahrscheinlichkeit, dass ihn jemand in der Nähe von Tolks Haus bemerkt hatte, kam der Polizistin eher gering vor. Während ihr diese Überlegungen durch den Kopf gingen, ging Schulte auf Rolands Bemerkung ein: »Ich telefoniere nicht gern, sondern schaue den Leuten lieber ins Gesicht. Besonders, wenn ich ihnen etwas Unangenehmes an den Kopf werfen will. Warum bildet dieser alte Knochen sich ein, meine Frau belästigen zu dürfen?«

Obwohl Tolk schon nicht mehr lebte, schien Schulte immer noch eine große Wut auf ihn zu haben. Sein Gesichtsausdruck sprach Bände. Birgit versuchte vergeblich, ihn zu beruhigen: »Es ist doch nichts passiert. Du weißt, dass ich mich niemals mit dem Scheusal eingelassen hätte.«

»Haben Sie Geschäfte mit Tolk gemacht?«, wollte Antje wissen. Sie fügte hinzu: »Und damit meine ich nicht irgendwelche Gemälde, die Sie angeblich in seinem Trödelladen erworben haben wollen.«

Birgit warf ihrem Gatten einen warnenden Blick zu, aber er konnte wieder seinen Mund nicht halten: »Wir haben uns nichts zuschulden kommen lassen. Ich bin Geschäftsmann, Tolk hat schon öfter Kredite von mir bekommen.«

»Vielleicht hat Ihr *Geschäftspartner* sich übervorteilt gefühlt«, vermutete Antje, »aber falls es zwischen Ihnen nur einen mündlichen Vertrag gab, stand sein Wort gegen Ihres. Außerdem wollte Tolk gewiss seinen Namen aus Ermittlungsakten heraushalten. Also grub er so lange, bis er jemanden fand, dem Sie zu Wucherzinsen einen Kredit gewährt hatten. Und durch diesen Schuldschein waren Sie in seinen Augen erpressbar.«

Schulte öffnete den Mund, aber seine Frau trat ihn vor das Schienbein, bevor er etwas sagen konnte.

»Warum hätten wir überhaupt nach Juist reisen sollen, wenn der Mord auf unser Konto gehen würde?«, fragte sie mit einem süffisanten Lächeln auf den Lippen. »Wenn wir nicht hier wären, bestünde vermutlich gar kein Verdacht gegen uns.«

Damit hatte Birgit Schulte zweifellos einen wichtigen Punkt angesprochen. Nun hielt Antje sie endgültig für klüger als ihren Ehemann.

Kapitel 14

Nachdem Schulte für die Tatzeit ein Alibi geliefert hatte, verabschiedeten sich die Polizisten von dem Ehepaar. Angeblich war der Kredithai auf dem Festland bei einem Geschäftsessen in einem griechischen Restaurant gewesen, während Tolk auf Juist erstochen wurde. Es dauerte keine zehn Minuten, bis Roland die Angaben überprüft hatte. Schulte war dort offenbar Stammgast, sowohl der Inhaber als auch die Kellner bestätigen sein Alibi.

»Mein aktueller Lieblingsverdächtiger mag also Zaziki – und wir müssen ihn jetzt wohl von unserer Liste streichen«, meinte der Kommissar seufzend.

»Noch haben wir ja eine weitere Person *in petto*«, erinnerte seine Kollegin und klopfte ihm auf die Schulter. Die beiden machten sich auf den Weg zu der kleinen Frühstückspension, in die sich Haan eingemietet hatte. Die Inhaberin nannte den Kommissaren seine Zimmernummer. Noch bevor sie dort klopften, hörten sie ihn lautstark in seiner Muttersprache telefonieren. Roland wummerte gegen die Tür: »Herr Haan? Machen Sie bitte mal auf, hier ist die Polizei!«

»*Godverdomme*!«

Das Wort muss nicht übersetzt werden, dachte Antje. Gleich darauf wurde ein Schlüssel im Schloss gedreht. Der Niederländer öffnete. Nachdem er sich während seines Anrufs schroff und aggressiv verhalten hatte, spielte er jetzt wieder den freundlichen älteren Herrn: »Ja, bitte? Was wünschen Sie?«

»Wir benötigen Ihre Hilfe«, gab die Kommissarin bewusst vage zurück. Haan nickte und ließ sie in sein Pensionszimmer eintreten. Es gehörte zur unteren Preiskategorie und war einfach, aber gemütlich eingerichtet. Die Möbel hatten schon bessere Tage gesehen, aber sowohl das Bett als auch der einzige Sessel machten einen bequemen Eindruck. Roland kam sofort zur Sache, indem er dem Alten den Frachtbrief zeigte: »Was hat das zu bedeuten?«

Haan schien sich plötzlich nicht mehr wohl in seiner Haut zu fühlen. Er stammelte: »Auf Deutsch heißt das wohl Gefahrgut ...«

»Das dachten wir uns bereits«, erwiderte Antje und fügte eindringlich hinzu: »Uns interessiert, was Sie mit diesem Frachtbrief zu schaffen hatten! Früher oder später finden wir es sowieso heraus. Sie könnten uns eine Menge Arbeit sparen, wenn Sie Farbe bekennen!«

»Farbe?«, wiederholte der Niederländer verständnislos.

»Meine Kollegin meint, Sie sollten nicht mehr lügen«, stellte Roland klar. Haan schaute ihn so entgeistert an, als ob er etwas Unmögliches verlangt hätte. Nach einer Pause und einem langen Seufzer murmelte er: »Ich war nicht immer Münzhändler. Ich bin in einer Spedition … wie sagt man … Disponent gewesen. Und diese Fracht habe ich beauftragt.«

»Was ist geschehen?«

»Die Fuhre enthielt Giftmüll, Frau Fedder. Der Fahrer – das ist die linke Unterschrift – hat sie zu einer illegalen Deponie geschafft. Und wir hatten noch nicht mal eine Lizenz für solche Transporte. Leider steht die Nummer auf dem Frachtbrief. Damit kann man beweisen, woraus die Ladung bestand.«

»Und Sie trugen die Verantwortung für die Ladung«, betonte der Polizist. Der Alte nickte und erwiderte: »Der Frachtbrief hätte längst vernichtet werden sollen. Wer weiß, woher Tolk das Ding hatte. Er wollte von mir 10.000 Euro, damit er das Dokument nicht an die Polizei schickt.«

»Sie wollten zahlen?«

Haan beantwortete Antjes Frage, indem er seine Brieftasche hervorzog und ein Bündel 100-Euro-Banknoten präsentierte. Es konnte sich wirklich um die fragliche Summe handeln.

»Hatten Sie keine Bedenken, dass es mit den Erpressungen immer so weitergehen würde?«, wollte Roland wissen.

»Ehrlich gesagt, weiß ich nicht, warum Fiete mir plötzlich auf die Tour kam, Herr Witte. Wir haben uns immer gut verstanden. Er war für mich beinahe so etwas wie ein Freund.«

Ob man diese Aussage für bare Münze nehmen konnte? Antje sah keinen Grund dafür, Haan zu trauen. Sie nahm sich vor, am nächsten Tag mit den niederländischen Kollegen zu telefonieren. Falls der Münzhändler im Nachbarland schon polizeilich aufgefallen war, wollte sie dies unbedingt erfahren.

»Sie hören von uns.«

Mit diesen Worten verließen die Polizisten das Pensionszimmer. Zuvor hatten sie sich nach Haans Alibi erkundigt. Zur Tatzeit war er angeblich in seinem Laden in Groningen gewesen, allerdings allein und ohne Kundschaft.

»Wir können trotzdem überprüfen, ob er die Wahrheit gesagt hat«, meinte Antje während des Rückwegs zur Wache. »Die Münzhandlung befindet sich in der Pelsterstraat, da bin ich schon mal gewesen. Da sind viele kleine Läden, die Inhaber kennen einander. Falls Haan während der fraglichen Zeit sein Geschäft geschlossen hatte, wäre es den Nachbarn aufgefallen.«

Roland schaute auf die Uhr: »Jetzt können wir da nicht mehr anrufen, die haben schon Feierabend. Und wir sollten auch Schluss machen für heute – ich hätte jetzt Lust auf ein Bier in der *Juister Kajüte*.«

»Das geht mir genauso«, erwiderte Antje lächelnd.

*

Am nächsten Morgen klingelte pünktlich zum Dienstbeginn in der Polizeiwache das Festnetztelefon. Antje hatte gerade ihren Arbeitsplatz erreicht und griff zum Hörer: »Moin, Sie sprechen mit der Polizei Juist. Mein Name ist Fedder. Wie kann ich Ihnen helfen?«

»Moin, Frau Fedder. Hier spricht Andreas Dreyer vom kriminaltechnischen Labor Oldenburg. Es geht um das Messer – die Mordwaffe im Fall Fiete Tolk.«

»Ich bin ganz Ohr.«

»Wir konnten Fingerabdrücke von einer weiblichen Person nachweisen«, erklärte der Spezialist. »Die Vergleichsprobe von Silke Meester stimmt damit überein.«

Darüber wunderte sich die Kommissarin nicht. Die Bürgermeisterin hatte schließlich selbst zugegeben, das Messer berührt zu haben – wenn auch nach der Tat und nicht in mörderischer Absicht.

»Weitere Spuren gab es nicht?«, hakte sie nach und versuchte, sich ihre Enttäuschung nicht anmerken zu lassen.

»Nein, auch DNA-Reste kann ich Ihnen nicht bieten – nur eine winzige Textilfaser am Griff.«

»Könnten Sie diese genauer beschreiben, Herr Dreyer?«

»Nun, es handelt sich um Baumwollmaterial, den Farbton würde ich als altrosa benennen ...«

»Das reicht mir schon!«, rief Antje entgegen ihrer sonst eher zurückhaltenden Art. »Sie waren eine große Hilfe, vielen Dank!«

Als sie den Hörer auflegte, betrat Roland die Wache. Ihm fiel ihre gute Laune sofort auf: »Moin, Antje! Gibt es außer dem schönen Wetter noch einen weiteren Grund für dein bezauberndes Strahlen?«

»Schmeichler!«, gab sie lachend zurück und berichtete, was sie soeben erfahren hatte.

»Ich will deine Euphorie ja nicht bremsen, aber uns fehlt noch ein letztes Puzzlestück, um den Fall abzuschließen«, erwiderte er.

»Du hast ja recht – und deshalb müssen wir uns jetzt auf eine etwas unappetitliche Suche begeben«, kündigte sie an.

»Ja, man kann sich in diesem Beruf nicht nur die Rosinen herauspicken«, stimmte der Kommissar zu. Die beiden verließen die Polizeistation und hielten in verschiedenen Richtungen nach dem Objekt Ausschau – Roland wandte sich nach Westen, Antje überprüfte den östlichen Inselteil. Nach fast zwei Stunden konnte sie ihren Kollegen informieren: »Ich habe das Beweisstück gefunden. Lass uns gleich beim *Strandhotel Juist* treffen!«

Als die Polizisten dort eintrafen, standen Juliane und Lea Tolk gerade mit großen Rollkoffern an der Rezeption. Die Tochter presste ihre Lippen aufeinander, als sie die Beamten erblickte. Ihr Blick schweifte durch die Hotelhalle. Ob sie einen Fluchtversuch unternehmen würde?

»Sie reisen ab?«, fragte Roland die Witwe des Mordopfers.

»Es kommt mir sinnlos vor, jetzt noch länger auf der Insel zu bleiben, Herr Witte. Haben Sie den Mörder gefasst?«

»Deshalb sind wir hier«, antwortete Antje anstelle ihres Kollegen. Dann wandte sie sich an Lea: »Wir verhaften Sie unter dem dringenden Verdacht, Fiete Tolk ermordet zu haben. Sie können die Aussage verweigern, müssen sich nicht selbst belasten und haben das Recht auf einen Anwalt.«

Es war, als ob die Mutter aus allen Wolken fallen würde: »Frau Fedder – falls das ein schlechter Scherz sein soll, kann ich nicht darüber lachen!«

»Lass es gut sein, Mama. Die beiden brauchen dringend einen Erfolg und klammern sich an jeden Strohhalm. – Geh schon mal zur Fähre vor, ich komme bald nach.«

Ob Lea mit diesen selbstbewussten Worten signalisieren wollte, dass sie sich unangreifbar fühlte? Die Kommissarin ließ sich nicht beirren. Sie sagte: »Wenn Sie weiterhin vernünftig sind, können wir auf Handschellen verzichten. Allerdings muss ich Sie durchsuchen.«

Inzwischen waren einige Gäste auf die Polizeimaßnahme aufmerksam geworden und schauten neugierig zu, wie Antje Lea abtastete. Juliane Tolk lief vor Wut rot an: »Für dieses demütigende Verhalten werden Sie sich verantworten müssen!«

Sie schien wirklich von der Unschuld ihrer Tochter überzeugt zu sein. Eine Zeit lang hatte die Polizistin erwogen, dass die Mutter ihre Tochter auf Tolk angesetzt hatte. Aber je länger sie darüber nachdachte, desto unwahrscheinlicher erschien ihr diese Variante. Juliane liebte ihr Adoptivkind offensichtlich. Es wäre zu riskant gewesen, es der Begegnung mit diesem Schurken auszusetzen. Nein, Lea hatte nach Antjes Meinung auf eigene Faust und ohne Wissen ihrer Mama gehandelt.

Die Kommissare nahmen die Mordverdächtige in die Mitte und führten sie Richtung Wache.

»Ich beauftrage einen Strafverteidiger. Bevor er hier eingetroffen ist, sagst du kein Wort!«, rief Juliane Tolk ihnen nach. Als die drei auf der Polizeistation eingetroffen waren und Lea sich gesetzt hatte, sagte Antje: »Natürlich können Sie schweigen, das ist Ihr gutes Recht. Ich möchte Ihnen aber berichten, was wir herausgefunden haben. Ein erster Ansatzpunkt war Ihr altrosa Baumwolloberteil, das Sie bei unserer ersten Begegnung trugen. Ein Faden von exakt diesem Material konnte am Messergriff sichergestellt werden. Vermutlich trugen Sie keine Handschuhe, als Sie Tolk aufsuchten. Um keine Fingerabdrücke zu hinterlassen, zogen Sie den Ärmel ihres Sweatshirts über die Hand, bevor Sie zustachen.«

Die Verdächtige schien keine Lust auf Aussageverweigerung zu haben. Breit grinsend erwiderte sie: »Was für eine geniale Schlussfolgerung! Können Sie sich vorstellen, wie viele dieser Textilien produziert werden?«

»Jede Menge«, sagte Roland, »aber wir gingen davon aus, dass bei der Attacke Blutspritzer auf dem Material gelandet sein müssen. Also durchsuchten meine Kollegin und ich eine Menge Mülleimer in der unmittelbaren Umgebung des Tatorts. Was für ein Glück, dass der Abfuhrtermin erst morgen ist. Und wahrscheinlich werden die Kriminaltechniker auch noch Ihre DNA an dem Kleidungsstück nachweisen können.«

Mit diesen Worten hievte er einen schwarzen Müllsack auf den Tisch und zog ein mit Blutspritzern bedecktes altrosa Oberteil daraus hervor.

»Ein ähnliches Teil tragen Sie jetzt auch«, stellte er fest. »Vermutlich ist das Ihre Lieblingsfarbe.«

Antje ergänzte: »Eine Zeit lang hatten wir uns auf einen männlichen Täter konzentriert, weil ein Ohrenzeuge eine Männerstimme zu hören glaubte. Aber da war ja auch noch Ihre starke Erkältung, richtig? Meine Stimmbänder hatte es auch einmal erwischt. Als ich zu der Zeit zu sprechen versuchte, klang ich fast so wie mein Vater. So wird es bei Ihnen auch gewesen sein.«

Lea schaute zur Seite, um keinem der Beamten in die Augen sehen zu müssen. Nach einer Weile begann sie: »Ja, ich lag mit einem grippalen Infekt darnieder. Ich hatte eine Zimmerkarte für das Hotelzimmer meiner Mutter. Ich ging zu ihr hinüber, weil in meiner Minibar kein Orangensaft mehr war. Ich hatte Durst. Da belauschte ich ihr Telefonat mit Tolk – und was er von ihr verlangte! Ich weiß, dass Mama und Paul einander lieben. Sie sind immer gut zu mir gewesen, meine Mutter muss sich nicht so einem alten Ekel an den Hals werfen. Das wollte ich unbedingt verhindern. Mama bemerkte nicht, dass ich hereingekommen war. Also verzichtete ich auf den Saft und ging in mein eigenes Zimmer zurück.«

»Was geschah dann?«, wollte Roland wissen.

»Ich wartete, bis meine Mutter wegging. Erst befürchtete ich, dass sie auf Tolks Forderung eingehen würde. Das geschah aber nicht. Ich suchte ihn in seinem Haus auf. Die Adresse war leicht herauszufinden. Ich wusste, dass er es zuvor als Ferienunterkunft angeboten hatte, und musste nur im Vermieterverzeichnis nachschauen. Er war überrascht, als er mir die Tür öffnete. Doch er verhielt sich sehr freundlich – bis ich ihm klarmachte, dass meine Mutter mit ihrem Lebensgefährten glücklich ist und sich nicht wieder mit Tolk einlassen würde. ›Dann werde ich eben meinen Spaß mit dir haben!‹ Genau diesen Satz sagte er zu mir. Da sah ich rot und griff nach einem Messer. Ich wollte ihn nicht töten, sondern mich nur verteidigen. Doch er ging zu Boden und starb innerhalb weniger Augenblicke. Ich rannte davon und stopfte mein Oberteil in einer Seitenstraße in einen Mülleimer. Zum Glück hatte ich noch ein T-Shirt darunter an. Danach kehrte ich ins Hotel zurück. Als Mama später am Abend nach mir sah, tat ich so, als ob ich geschlafen hätte.«

Ob Leas Darstellung des Tathergangs glaubwürdig war? Einerseits traute Antje Fiete Tolk inzwischen durchaus zu, dass er sich an der Adoptivtochter seiner Frau hatte vergreifen wollen. Andererseits – hätte sie den Ärmel wirklich über den Messergriff gezogen, wenn keine Tötungsabsicht vorlag? Das waren Fragen, die das Gericht klären musste. Die Kommissarin tippte das Geständnis in den Computer, und die Mörderin unterschrieb es.

»Sie werden mit der nächsten Fähre aufs Festland gebracht, wo ein Richter über die Verhängung von Untersuchungshaft entscheidet«, erklärte Roland, bevor er Lea in eine

Arrestzelle sperrte. Dann kehrte er zu seiner Kollegin zurück: »Fall gelöst, würde ich sagen.«

»Ja, das ging doch schneller als von mir befürchtet«, erwiderte Antje und fügte hinzu: »Tolk hat den Bogen überspannt, als er glaubte, alle Menschen nach seiner Pfeife tanzen lassen zu können.«

»Das ist ihm schlecht bekommen«, stimmte der Kommissar zu.

ENDE

Ostfrieslandkrimi-Empfehlungen des Klarant Verlages

Lernen Sie auch die anderen Bücher der Ostfrieslandkrimi-Serie »**Witte und Fedder ermitteln**« von **Sina Jorritsma** kennen:

Die Kommissarin Antje Fedder ist ein waschechtes Juister Inselkind. Sie kennt ihr Heimat-Eiland wie ihre Westentasche. Als zurückhaltende Norddeutsche hat sie anfangs so ihre Probleme mit der charmanten und unbeschwerten Art ihres zugezogenen Kollegen Roland Witte. Doch Gegensätze ziehen sich bekanntlich an, und die beiden Polizisten lösen auf der kleinen Insel auch die kniffligsten Krimirätsel. Auch Antjes Vater Tjark Fedder steht ihnen mit Rat und Tat zur Seite, denn der Gastwirt schnappt viele Informationen auf. Nur die übereifrige Bürgermeisterin Silke Meester erschwert den Ermittlern oft die Arbeit.

In der Serie sind bereits folgende Ostfrieslandkrimis erschienen:

»Juister Herzen«, Band 1
Taschenbuch-ISBN: 978-3-95573-911-9
eBook-ISBN: 978-3-95573-912-6

Ein mysteriöser Todesfall versetzt die ostfriesische Insel Juist in Aufruhr. Im Bett einer Ferienwohnung liegt die Leiche einer jungen Frau. Doch weder sind äußere Verletzungen erkennbar, noch wohnte Diana Schröder in der Unterkunft, in der sie allem Anschein nach starb. Die Inselkommissare Antje Fedder und Roland Witte nehmen die Ermittlungen auf, und schnell finden sie heraus: Die Ferienwohnung wird von einer Selbsthilfegruppe gemietet, deren Mitglieder ihre große Liebe verloren haben. Juister Herzen nennt sich die Veranstaltung auf der idyllischen Nordseeinsel, die helfen soll, verletzte Seelen wieder zu heilen. Aber wie kam Diana überhaupt in dieses Bett? Und weshalb trug sie eine Pistole bei sich? Ins Visier der Ermittlungen gerät Clemens Vogt, der Leiter der Selbsthilfegruppe. Die Inselkommissare bezweifeln seine guten Absichten und stoßen schließlich doch auf eine überraschende Verbindung zwischen den Juister Herzen und der Toten ...

»Juister Düfte«, Band 2
Taschenbuch-ISBN: 978-3-95573-957-7
eBook-ISBN: 978-3-95573-958-4

»Juister Reiter«, Band 3
Taschenbuch-ISBN: 978-3-96586-027-8
eBook-ISBN: 978-3-96586-028-5

»Juister Taucher«, Band 4
Taschenbuch-ISBN: 978-3-96586-088-9
eBook-ISBN: 978-3-96586-089-6

»Juister Düne«, Band 5
Taschenbuch-ISBN: 978-3-96586-126-8
eBook-ISBN: 978-3-96586-127-5

»Juister Hochzeit«, Band 6
Taschenbuch-ISBN: 978-3-96586-176-3
eBook-ISBN: 978-3-96586-177-0

»Juister Lüge«, Band 7
Taschenbuch-ISBN: 978-3-96586-217-3
eBook-ISBN: 978-3-96586-218-0

»Juister Perlen«, Band 8
Taschenbuch-ISBN: 978-3-96586-267-8
eBook-ISBN: 978-3-96586-268-5

»Juister Zeuge«, Band 9
Taschenbuch-ISBN: 978-3-96586-307-1
eBook-ISBN: 978-3-96586-308-8

»Juister Clown«, Band 10
Taschenbuch-ISBN: 978-3-96586-358-3
eBook-ISBN: 978-3-96586-359-0

»Juister Chor«, Band 11
Taschenbuch-ISBN: 978-3-96586-434-4
eBook-ISBN: 978-3-96586-435-1

»Juister Party«, Band 12
Taschenbuch-ISBN: 978-3-96586-471-9
eBook-ISBN: 978-3-96586-472-6

»Juister Wein«, Band 13
Taschenbuch-ISBN: 978-3-96586-522-8
eBook-ISBN: 978-3-96586-523-5

»Juister Hexe«, Band 14
Taschenbuch-ISBN: 978-3-96586-564-8
eBook-ISBN: 978-3-96586-565-5

»Juister Seestern«, Band 15
Taschenbuch-ISBN: 978-3-96586-607-2
eBook-ISBN: 978-3-96586-608-9

»Juister Maler«, Band 16
Taschenbuch-ISBN: 978-3-96586-631-7
eBook-ISBN: 978-3-96586-632-4

»Juister Onkel«, Band 17
Taschenbuch-ISBN: 978-3-96586-722-2
eBook-ISBN: 978-3-96586-723-9

»Juister Haken«, Band 18
Taschenbuch-ISBN: 978-3-96586-761-1
eBook-ISBN: 978-3-96586-762-8

»Juister Feuer«, Band 19
Taschenbuch-ISBN: 978-3-96586-779-6
eBook-ISBN: 978-3-96586-780-2

»Juister Brief«, Band 20
Taschenbuch-ISBN: 978-3-96586-805-2
eBook-ISBN: 978-3-96586-806-9

»Juister Zahltag«, Band 21
Taschenbuch-ISBN: 978-3-96586-921-9
eBook-ISBN: 978-3-96586-922-6

Klarant Verlag

Lernen Sie die Ostfrieslandkrimi-Titel des Klarant Verlages kennen und besuchen Sie uns im Internet unter:

www.ostfrieslandkrimi.de

und

www.klarant.de

Sie können dort Näheres über unsere Autorinnen und Autoren erfahren, viele weitere interessante Bücher und eBooks finden und Leseproben herunterladen. Mit dem kostenlosen Newsletter auf

www.ostfrieslandkrimi-lesen.de

erhalten Sie aktuelle Informationen rund um das Verlagsprogramm, wie beispielsweise spannende Neuerscheinungen und Gewinnspiele.